魅丽文化 花火工作室

是你捡到了我的小心心吗

苏陌

著

江苏凤凰文艺出版社
JIANGSU PHOENIX LITERATURE AND ART PUBLISHING, LTD

图书在版编目（CIP）数据

是你捡到了我的小心心吗？ / 苏陌著. -- 南京 :
江苏凤凰文艺出版社，2018.6
ISBN 978-7-5594-1902-6

Ⅰ. ①是… Ⅱ. ①苏… Ⅲ. ①长篇小说一中国一当代
Ⅳ. ①I247.5

中国版本图书馆CIP数据核字(2018)第078961号

书　　名	**是你捡到了我的小心心吗？**
作　　者	苏　陌
出版统筹	黄小初　邹立勋
选题策划	吴小波
责任编辑	胡小河　姚　丽
文字编辑	黄　姗
责任监制	刘　巍　江伟明
出版发行	江苏凤凰文艺出版社
印　　刷	湖南关山美印有限公司
开　　本	880×1230毫米 1/32
字　　数	212千字
印　　张	9
版　　次	2018年6月第1版，2018年6月第1次印刷
标准书号	ISBN 978-7-5594-1902-6
定　　价	34.80元

（江苏凤凰文艺版图书凡印刷、装订错误可随时向承印厂调换）

目录

Did you pick up my heart

目录

Did you pick up my heart

Did you pick up my heart

楔子

姜瑶麻利地把食品货架上的袋装零食补全，随手抹了把脸，一看时间，快五点了。

中午还是烈阳高照，这会子也不知道打哪儿飘来几朵乌云，

遮天蔽日的，颇有些黑云压城的感觉。

便利店生意不忙，老板托着腮眯着眼睛追剧，后知后觉地察觉天阴沉得厉害，忙招呼姜瑶。

“那谁，别忙活了，赶紧回吧，你看这天阴的，一会儿该有暴雨了……”

“行，”姜瑶乐了，边说边脱掉套在外面的工作服，“正想找您请假。”

“这变天儿也是快，我跟你一起走，顺道儿送你，你住哪儿来着？”

“我先不回家，今天不是那什么，”姜瑶顿了顿，“高考最后一天嘛，我去一中接个朋友。”

“啊是，你看我这记性，难怪今天下雨……”

姜瑶点了点头，推开玻璃门就要走，听到老板又喊她。

“你倒是拿把伞啊。”

“……那我再拿瓶可乐。”

姜瑶一笑，回身接过雨伞，又顺手拿了瓶冰可乐，说：

“叔，我走了啊，你开车注意安全。”

“……从你工资里面扣。”

也不知道什么时候起了风。

店门开了又合，老板嘟囔着扣她工资，末了，也不知想到什么，叹了口气，那极轻的声音就顺着风，分毫不差地飘进她耳朵里。

黑色六月啊，倒果真是应了景。

也不知赶巧儿还是天意弄人，姜瑶刚出门没五分钟，暴雨就毫无预警地劈头砸了下来，待她手忙脚乱地撑开伞，整个人已经被浇成了落汤鸡。

这一年姜瑶十八岁。

十八岁的男生女生即将结束高考，迎来彻底解放的那一刻。姜瑶迎着风雨，左手拿着可乐，右手撑着雨伞，悲壮得像个一心赴死的战士。

很多年后，当姜瑶再次回忆起自己十八岁的时光，满心能忆起的，也只剩那天倾盆的暴雨，怎么都等不来的出租车，以及不远处，命运避无可避，终于被送到她身边的周连年。

Did you pick up
my heart

chapter 01

周连年是被自己疼醒的。

凌晨三点半。

周连年一边忍受着病房刺鼻的消毒水味，一边苦恼地研究趴在自己床前睡得正香的小孩儿到底是什么人。

究竟是为什么发生了车祸，他现在已经记不清了，许是暴雨密度太大遮挡了视线，许是因为自己疲劳驾驶。车子清晰地撞到护栏的时候，他还是快速地打了方向盘，下意识地做了挽救。

似乎起了不小的作用。

他只有头部受到轻微撞击，当时迷迷糊糊地晕过去了，也不知道过了多久，隐隐地听到有人敲他的窗户，一边敲一边大声喊他的名字。

名字？

周连年又困惑地看了下自己身边这小孩儿。

女孩儿睡得可坦然，半张脸都埋在胳膊里，从周连年的视线看过去，也仅能看到她毛茸茸的头发和扇形的睫毛。

是不是认错人了？

可是再之后，他被送上救护车，半梦半醒间，确凿是听到了女孩儿因为惊慌失措而瓮声瓮气的喊声。

“周连年你可千万不要死。”

亲戚家的女儿？小女朋友？还是他伤了脑子出现了短暂性失忆？

周连年叹了口气，觉得怪没意思的。

或许是人孩子认错了人，或者那几声名字是自己的幻觉，自己跟着较什么真儿呢。

也亏得这声叹息声，向来浅眠的姜瑶毫无意外地醒了，梦里不知道在吃什么东西，睁开眼睛后下意识地咂了咂嘴，回过神儿来看到周连年的脸，这才噌的一声从椅子上弹起来。

表情还是一脸惊悚，似乎是看到了什么吓人的东西。

看吧，就说是认错了人了。

周连年下意识地松了口气，可是隐隐地，又有些失落。

只是这毫无缘由、一闪即逝地失落轻的像风，再细细琢磨，反而一点蛛丝马迹都寻不到了。

还别说，女孩儿看着年纪不大，个子还挺高，大眼睛瓜子脸好看的紧，只是眼睛雾蒙蒙的，像遮了一层雾气。

周连年尽量让自己的脸看起来平静温和，看着姜瑶局促的脸，扯着嘴角往上提了提。

“小姑娘你是认错人了吧，你家住哪里，都这么晚了，让你爸妈过来接你好不好？”

“我……”姜瑶顿了顿，看周连年的眼神有些闪烁，又有些泪意，“我是姜瑶。”

周连年继续微笑，努力扮演好一个温和有耐心的大人。

“你好你好，你的名字真好听。”

“……”

姜瑶极轻地叹了口气，“周连年”三个字在喉咙里转了又转，始终都没敢喊出口。

她想起第一次见面，自己顶着鸡窝头，躺在周连年车前，无欲无求地一心等死，被那人一只手捞起来送到了派出所。

八年了，这么久远的事情她居然记到了现在，仿佛一转眼，她还是那个一心求死的小孩儿，转头能看到车牌号，一面默念数字，一面平静地说自己不想活了。

“谢谢。”姜瑶回。

周连年一脸平静，“不客气。”

姜瑶没说话，周连年也没再继续，气氛冷得像冰，这就很尴尬了。

“要不我给你爸妈打电话接你？”

“你休息吧，我出去了。”

漫长的时间过去，两个人同时开口。

姜瑶一笑，朝周连年指了指病房门，转身出去了。

周连年眼睁睁地盯着姜瑶出去，关门的时候，女孩儿抬起头又看了他一眼，眼神里隐隐透着失望，又有些庆幸。

没来由地，周连年竟觉得一阵心虚。

天亮了一定得再做个脑部CT，检查检查自己是不是真失忆了。

他想。

周连年有没有失忆姜瑶不知道，她觉得自己肯定得了失心疯了。

两只手捂着心口，姜瑶的额头抵着走廊洁白的墙壁，冰凉的触感传来，大脑这才稍稍清醒了些，回过神儿来，又小心翼翼地透过房门窗户看。周连年把被子拉下来一些，只是脸臭得很，鼻子不是鼻子，眼睛不是眼睛的，也不知道是在生谁的气，偶尔那人的眼睛扫到窗户，姜瑶就跟做贼似的闪到一旁，额头对准墙壁咣咣地撞两下，脑袋里早就是锣鼓喧天、鞭炮齐鸣，心里百花齐放，满满胀胀的是开心和满足。

太好了，周连年没死。

那场距自己不足五米的车祸事故翻来覆去、明晃晃地在自己大脑里循环播放，刺痛她的，却是那个横亘在自己眼前的车牌号。

当时的她，像个疯子一样站在暴雨中对着昏迷在车中的周连年大吼大叫，又仓皇地拨通了120的电话，直到确凿听到医生说他没事，她这才放了心，整个人从内到外都发起抖来。

也许是被冻的，也许是因为周连年。

有护士看她浑身湿透的模样委实可怜，借了她一套衣服换上，又把她湿淋淋的衣服烘干，临走的时候约莫是看她年纪小，又拍了拍她的肩膀，语重心长地安慰她，说人有旦夕祸福，惹得姜瑶又是掉了几滴泪。

“哎那小孩儿！”

病房里突然传出了周连年的不敢置信的喊声。

“你是不是碰我瓷儿那个！”

Did you pick up
my heart

chapter 02

姜瑶一大早跑出去给周连年买了早餐，提着东西回来的时候，那人跷着二郎腿，正一边啃苹果，一边咋咋呼呼地朝护工嚷嚷。

“要死不啦，你们这床好硬的，就不能给多加个垫子吗？”

“我伤了头，你们还想让我伤心吗？”

“疼疼疼疼疼，阿姨您别碰我床，我头一晃好疼的……”

姜瑶站在病房门口，抿着嘴笑，被周连年瞧见，白了一眼。

“碰瓷儿那小孩儿，你过来。”

护工如临大赦，抓着毛巾出去了，经过姜瑶的时候还一脸怜悯地看了她一眼，姜瑶也不在意，走到周连年床前，把早餐放到一旁，仍是重复。

“我是姜瑶。”

周连年又皱眉，“我不是夸你名字好听了吗？”

算了。

姜瑶把吃饭的小桌撑起来，周连年看到早餐袋子，眼睛一亮，打了个响指。

“荣记的，讲究。”

脑袋里的烟花又绚烂地开了一簇，姜瑶在心里小小地给自己鼓了鼓掌。

周连年扶着床坐起来，许是撞到的头还没好，起来的时候又晕了晕，姜瑶忙托着他后背，担忧地问他。

“你会死吗？”

“……能说点儿吉利的吗？以前碰瓷儿现在又咒我是不是？”

姜瑶沉默了再沉默，看着周连年吃了个虾饺，又喝了几口粥，才又敢开口。

“你家里人怎么不来照顾你？”

周连年一愣，看了看姜瑶一眼，孩子眸底的担心明晰可见，于是笑，问她：

“知道哥今年多大了吗？”

三十了。

姜瑶默默地想。

“我二十九了，一个顶天立地的男人，你觉得这点儿小伤需要别人照顾吗，还有你……”

姜瑶有些困惑地盯着周连年絮叨，她十岁那年第一次同他有交集的时候，分明是记得他比自己大了整整一轮的。

“你不是三十岁了……”

“闭嘴！”周连年瞪了她一眼，头又跟着疼了疼，“那是虚岁！我周岁二十九！”

末了又怕吓着人孩子，周连年又假模假样地提了提嘴角。

“你不知道，我们都算周岁的。”

姜瑶点了点头，笑了。

“我一会儿要去上班，”姜瑶掏出自己的翻盖手机看了看时间，又跟周连年解释，“你一个人没问题吗？”

满大街都是智能手机的时代，姜瑶的老式手机终于引起了周连年的兴趣，当然，也只是多看了一眼。

那人吃饱喝足，两只手放在后脑勺儿上，顺势往后一躺，反问她。

“你才多大就工作了，不上学吗，我记得前两天是高考？”

姜瑶胡乱地点了点头，仔细地把东西收拾好，又往保温杯里蓄满了水，这才说。

“反正我已经工作了，大夫说你要住院观察几天，我先走了，下班再来看你。”

“哎你不用……”

话还没说出完，女孩儿已经飞快地跑出去了，似乎生怕他拒绝一样。

周连年这才想起她约莫是没吃早餐，昨天晚上又几乎没怎么睡，不知怎么，又有些自责。

不就小时候不懂事儿碰个瓷儿嘛，也没有给他造成什么实质性的伤害，不用这么客气啊。

姜瑶自然不知道周连年那么多的心理活动，即便是一夜没睡，从昨天晚上到现在都没吃没喝，她也精力充沛地险些能飞起来。

她这才发现，原来一下子的开心，真的能抵过往无数的苦难。

她十岁被诱拐到这个陌生的城市，好像从来就没有真正像现在这一刻这么开心过。

乘公交到了工作的便利店还不到九点钟，姜瑶下了车，一蹦一跳地往店里跑，边跑还不忘把胡乱飞舞的头发绑成了球。直到林骆从店里出来，站在便利店门口，抱着胳膊眼神凉凉地看着她，姜瑶堪堪停住，右手下意识地怕了拍脑门儿，自己这才冷静下来。

完了完了完了。

把正事儿给忘了。

昨天高考完了这么大暴雨，也不知道林骆是怎么回家的。

姜瑶垂了垂眼睛，认命地走到林骆面前。

“我昨天是要去接你的，毕竟你爸妈都跟我说了，我还给你带了冰可乐……”

林骆置若罔闻，表情冷冷地看着他。

这是生气了。

林骆不常生气，同他认识的这些年，除了这人不苟言辞，十句话有八句怼人之外，发脾气的次数少得可怜，最严重的一次，是她高考没报名，离高考一个月前，自然而然地选择了退学，那人课都没上，把她堵在福利院门口，骂了个狗血淋头，末了又把他爸林所长喊来，又是劈头盖脸地一顿教育。

林所长最后说了什么。

瑶瑶，我对你太失望了。

她没敢反驳，她十岁来到江临，是林叔帮她找福利院，也是他这么多年，从没放弃帮她寻找父母。

认命地叹了口气，姜瑶往前走了一步，拉了拉林骆的胳膊，一脸讨好地笑。

"我真给你带可乐了，昨天雨下得可大，不信你问问我们老板？"

林骆不是生气这个。

"我听院长说，你昨天没回去。"

姜瑶下意识地松了一口气，小心翼翼地抬头看了林骆一眼。

十八岁的男生发育良好，个子比姜瑶高出了一头，虽然表情一贯冷漠，可偏偏脸型柔和，眉目清秀，强烈的反差居然神奇地融合在一起，晨光中男生好看的眉眼、高挺的鼻梁和抿紧的嘴便越发俊俏起来。

"昨天下暴雨，有人出了车祸，我给送医院去了……"

说话的时候，老板拉着小型货车回来了，看姜瑶站在门口，忙招呼她。

"姜瑶，别站着了，把门打开卸货。"

"哦好，我马上！"

姜瑶如临大赦，看也不看林骆一眼，一溜烟儿就往店里跑，边跑边催眠自己很忙，还险些一个踉跄把自己绊倒。

林骆无奈，几步走过去把她扶好，又代替她来来回回地帮老板卸货，姜瑶一边清理货架一边恍惚。

她记得她离校后，林骆找到她，歇斯底里地告诉她，她会后悔的。

可是更早以前，她分明就跟林骆说过，他们不一样的。

他们沐浴同一片阳光，呼吸同一种空气，却依然不属于同类。

家养的孩子怎么会理解他们流离的苦悲呢？

如果是周连年呢？

如果周连年知道自己没有高考，会生气吗？失望吗？还是根本就不在乎？

姜瑶不敢想。

林骆帮老板卸完了货，仍旧黑着脸，一边洗手一边闷声嘀咕。

“还送人去医院，鬼才信呢……”

昨天快考完试的时候下了那么大的雨，他还担心姜瑶要怎么过来，几乎是考试铃声刚一结束，他就冒着雨跑进学校门口的传达室。

分明是姜瑶信誓旦旦地说要来接他，还说如果下暴雨，就让他躲进大门口的传达室，她叫出租车过来能正好停在传达室门口。整个方案堪称完美，连向来爱挑毛病的林骆都“忘记”带伞，百分之百配合了，却偏偏缺少了“姜瑶一定来接他”这个根本性的环节。

林骆一直眼巴巴地等到夜里八点，暴雨都停了还没看到姜瑶的影子。

失落自然是谈不上的，高考就如同林骆的成人礼，他自以为完成了一件了不起的大事，却偏偏没有人同他分享，实在是。

太沮丧了。

爸妈回来的比往常要早一些，早早地在家里准备了一桌子菜给他，他却半分心情都没有，草草地吃了几口饭就回房间了。

他以为，姜瑶总会给他打电话的。

哪怕是借口，哪怕是违心的道歉。

什么都没有。

他等了一晚上，手机里没有她半条简讯，林骆别扭地给院长打了电话，却得知了她夜不归宿的消息，再给她打电话，总是不在服务区，他这才慌了，马不停蹄地跑来便利店，一抬眼，就看到了那人蹦蹦跳跳的身影。

记忆里的姜瑶，或淡漠或讨巧，却从来不会这般，有她这个年纪该有的纯真的模样。

愤怒就是那个时候喷涌而出的，他想咬着牙，恶狠狠地说“姜瑶你死定了”，也想掐着她的脖子大声质问她“明明说好了为什么不去接我”。

可是啊可是。

林骆叹了口气，用力地甩了甩手，接过老板递过来的纸巾，漫不经心地问。

“姜瑶每天都做这个吗？”

“也不是每天，”老板往嘴里扔了块槟榔，含糊地说，“三天来一次货，基本上三天搬一次，平时就负责补店里的货，小姑娘可能干。”

林骆点点头，一言不发地往店里走，推开门的时候没有动，逆着光站在门口，像是闹别扭。

姜瑶回过神儿来，看着林骆，终于有了诚恳道歉的意识。

“对不起，我食言了。”

又来了。

还是算了，杀人是犯法的。

林骆想。

“我妈中午喊你去吃饺子。”

“可是我中午……”

林骆瞪了姜瑶一眼。

“……那好吧。”

姜瑶中午有一个半小时的休息时间，索性是林骆家里离得并不远，两个人打车也不过十分钟的路程，临走前姜瑶又从店里拿了瓶冰可乐，一脸欢喜地递给林骆。

“给，补你的。”

林骆怔了怔，接过可乐，又下意识地从钱包里拿出十块钱递给她。

姜瑶莞尔，还是接过钱，朝他晃了晃，“本来想请你喝的。”

“攒了多少钱了？”林骆突然问道。

姜瑶不知道想到什么，笑出了声，末了又凑到林骆耳边，小声说道。

“过两天发了工资我就有三千五百块钱了。”

女孩儿的唇离他耳边极近，那人的发丝似有若无地扫过他的脸，林骆觉得耳垂发热，整个人都僵硬地一动不敢动。

直到姜瑶退回原位置，漫不经心地同他拉起了家长里短，林骆这才回过神儿来，嘴角抽了抽，一脸尴尬地补了一句。

“你可真有钱。”

得到了林骆的夸奖，姜瑶又开心地咧了咧嘴。

两个人上楼的时候，林骆站在电梯里，看着姜瑶的后脑勺儿，也不知道发了什么疯，全然忘记了父亲的嘱托，大脑一热，开了口。

“你办个身份证，我陪你去趟饶水吧。”

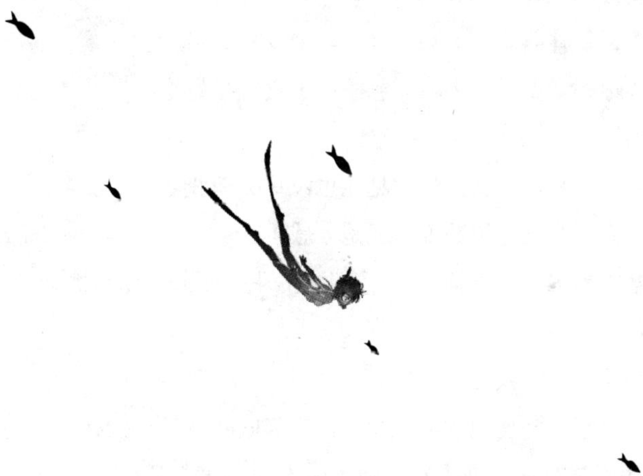

Did you pick up my heart

chapter 03

林骆的妈妈是妇产科主任，姓骆，据说是难得歇班，为了家庭团结，洗手做羹汤，包起了三鲜馅儿的饺子。

骆主任手生得巧，不仅医术高超，包的饺子也好看得不得了，姜瑶一边在旁边打下手，一边把人夸成了花儿，林骆和林所长坐在沙发上看电视，有一搭没一搭地聊天儿，偶尔听到厨房传来的阵阵笑声，两个人就插嘴点评一下。

“说什么呢？”林骆问。

“瑶瑶在夸你妈会做饭，手巧，包的饺子肯定很好吃。”

“天真。”

林所长点头，“嗯，天真，平时见她也没这么夸我。”

饺子出锅，模样和装盘没的说，就是太咸了。

姜瑶咕咚咕咚地喝了一大杯水，刚要再接一杯，听到林骆喊她。

“快，给我喝一口。”

林所长后来居上，“我也要一口。”

骆主任摔了筷子，匆匆跑到姜瑶身边，咕咚咕咚就是一大杯。

最后还是林所长又认命地去厨房做了卤肉面出来，几个人才最终得以拯救。

无可避免地，姜瑶又想到了待在医院里的周连年。

也不知道他吃午饭了没有，她特意拜托了借给她衣服的小护士帮忙买饭，但也许，周连年根本就不需要。他不像自己孑然一身，出了这么大的事情，兴许一个电话，病房里就能挤满人。

姜瑶想给他发个信息，只是这个念头刚萌生了几秒，那人就又泄气了。

她没有周连年的电话号码。

“爸，你找时间带瑶瑶去办个身份证吧。”

出神的时候，姜瑶听到林骆的话。

“哦？”林所长顿了顿，放下手中的水杯，转而看着姜瑶的脸，又问，“想通了？我记得当时谁哭天抢地地不要的。”

姜瑶尴尬地笑了笑。

她不是不想办身份证，是她不愿。

福利院的小孩儿长大成人办身份证，户口要落在福利院，属于集体户口，姜瑶不愿意。

十六岁的她和林骆被林所长带着，特意去派出所办身份证的时候，如林所长所言，姜瑶的确哭天抢地，说宁死不办。

没有人能理解到她的心境，他们不明白承认了这集体户口，对姜瑶来说意味着什么。

在姜瑶看来，她跟福利院的那些孤儿，始终是不一样的。

福利院的孤儿都姓江，江临的江，同姜瑶的姓氏不一样，姜瑶原本的家乡，叫饶水。

只是具体到饶水哪里，到底是不是真如她日日梦见的那般山明水秀，姜瑶却是一点儿都想不起来了。

她幼时顽劣，跟着人贩子走的那年只有十岁。

印象里，那阿姨样貌极是好看，任谁都无法把她跟坏人联系在一起，她背着书包牵着阿姨的手，稀里糊涂地上了长途汽车。

如果不是那天汽车司机疲劳驾驶，如果那个诱拐她的人贩子在打盹儿前像她一样系好安全带，姜瑶觉得自己现在的命运，不是被卖到了哪个山沟沟里做了童养媳，就是混入了某个丐帮组织做小弟。

长途汽车为了躲避对面的卡车不幸翻车，车上加上司机一共五十五个人，死了六个，人贩子就是那六分之一。

姜瑶昏迷了三天，醒来后，医院的护士一脸茫然地问她是哪家的孩子。

据说在她昏迷的那三天内，这起事故还上了省市电视台的新闻，医院甚至帮她在报纸和网站登了寻人启事，如此过了好几天，也没有亲人来认领她。

她时常出现幻觉，梦到父母正坐在自己床边笑，弟弟光着脚站在地上玩儿，拉长了声音软软糯糯地喊她“姐姐”，而她却意外地看不清他们的脸。

再之后，清醒后的姜瑶头脑清晰，逻辑缜密，报了父母的电话，说出了父母的昵称，还把自家的门牌号“1205”喊得响亮。

于是经证实，两个手机号是空号，昵称也并没有起到关键性的作用，至于门牌号。

还是算了。

最后还是在人贩子的口袋里发现了线索。

车票的起始地是饶水，虽然不排除人贩子中途下车，把姜瑶拐上车后没再要票据的可能，当地警察和医院大夫一致决定，去饶水碰碰运气。

姜瑶回家的那天，格外乖巧地同医院的医生和护士说“谢谢”，惹得一众大人泪眼汪汪，说孩子真可怜啊真可怜，姜瑶倒是很坦然，这份坦然里是带着对重新回到父母身边的信任和笃定。

回家的路上，姜瑶控制不住地满脸兴奋，不住地念叨自己的父母和刚刚过完五周岁生日的弟弟，末了又一脸悲怆，说她这么久没回家，父母不知道有多难过。

从江临到饶水开车要三个小时的车程，大人们一刻都没有耽搁，到了地点后就马不停蹄地去了当地派出所，说明来意后饶水的民警同志们一脸迷茫。

据说是最近两个月都没有人口失踪的报案。

十岁的姜瑶也许根本就不知道什么是伤心，只是看到警察叔叔一脸莫名的模样，觉得很沮丧。

警察寻了一圈没帮她找到家人，兜兜转转地，又把她带回了江临市。林康来当时约莫还不是所长，辗转帮她找了个福利院，她在江临这才算有了落脚的地方。

福利院的日子并不好过，好在姜瑶年纪不小力气大，在院长面前表现得又格外机灵乖巧，每每有收养小孩儿的家长来时，院长总是第一个推荐她，有什么好吃好玩儿的，也会第一个喊她的名字。

姜瑶表现得不争不抢，无非是打心眼儿里认定，她跟孤儿院那些被抛弃的小孩儿是不一样的，由此便一心琢磨着要找自己的亲生父母，不大愿意给外人做孩子，院长就劝她，说等她长大了有了能力，自然想做什么就做什么，姜瑶觉得靠谱儿，每每有人来孤儿院领养小孩儿，就穿着干净的衣服，乖巧地站在一堆孩子中间。

可兴许是她年纪太大了，没有人家愿意收养她，院长第十次朝姜瑶叹气的时候，她就觉得没意思了。

福利院建在城郊，环境并不封闭，小孩子可以随意在附近玩耍，约莫是这些孩子都把福利院当成了家，以至并没有出现人口失踪现象。

姜瑶觉得自己不一样。

找不到家和父母不要她，这是两个概念，其间有天壤之别，小小的姜瑶拎得门儿清。

于是在某个风和日丽的日子，有外人进来做义工的时候，她瞅准了机会，躲过了门卫，第一次走出了福利院的大门。

十岁的姜瑶是真的不想活了，没有半分开玩笑的意思。

她想死得壮烈又体面些，一路走一路想，最终选择在一辆看起来高级的私家车面前停下。车子停在路边，姜瑶也没管司机在哪里，什么时候回来，理了理身上脏兮兮的衣服，庄严而肃穆地躺在了车前。

就是……

有些口渴。

说来也奇怪，死尚且不怕的她，居然还记挂着要喝水。

周连年就是在这个时候出现的。

他从辅路旁边的大型超市出来，手里拎着一袋子零食和饮料，一路小跑着从车头绕到驾驶门，这中间，还不轻不重地踩到了姜瑶的小腿。

自然，是他被绊了一跤。

那人踉跄着站直，回身发现有个小孩儿一脸坦然地躺在他车前，脸立刻黑了下来，抬起脚踢了踢姜瑶的大腿，嚷嚷。

“你这特么是作死还是纳凉啊？！”

那年周连年只有二十二岁，暴躁易怒，举止轻浮，却因着那一张棱角分明的脸，愣是让无悲无喜、一心求死的姜瑶愣了愣。

好看的人总是让人有倾诉欲，更何况他还不穷。

“我不想活了。”姜瑶说。

“一边儿死去。”周连年又踢了她一脚。

他手里的塑料购物袋哗哗地响，姜瑶咽了咽口水，一骨碌从地上爬起来，盯着他袋子里的矿泉水，小心翼翼地问。

“能给我喝口水吗？”

“没有！”

周连年凶巴巴地，伸出手又推了女孩儿一把，姜瑶一个没站稳摔在地上，周连年反倒笑了。

一边笑一边拧了拧眉心。

“怎么，小小年纪就学会碰瓷了？”

天地良心，她一个十岁的天真善良的少女，真是连“碰瓷”这个词的意思都不知道，这可倒好，被周连年这一踢一推又一阵数落的小姜瑶，瞬间就委屈的不想死了。

周连年约莫是觉得跟她讨论不出什么名堂来，黑着脸拿出手机报了警，姜瑶扁着嘴坐在马路牙子上，听他接通了电话说了几句，想了想，又提醒他。

“警察叔叔跟我很熟的……”

“还是个惯犯，真倒霉……”周连年嘟囔。

无可避免地，姜瑶和周连年都被带去了派出所，周连年做笔录的时候，姜瑶就坐在他后面的椅子上，一边喝水一边听周连年抱怨。

“这叫什么事儿啊，这孩子家长呢，小小年纪就躺我车前碰瓷儿，这要是我一个没注意，真把她给撞死了，我一个有为青年，正值青春年华，我是不是还得给她偿命啊。”

林康来约莫是跟姜瑶混了个脸熟，看到来人是她后，特意放下手中的工作，打听了下原因，又朝周连年皱了皱眉。

大约是怕周连年的话伤害她幼小的心灵，一面提醒他小点儿声，一面又给他小声地解释。

“不能是碰瓷儿吧，这孩子可怜，之前出了车祸，可能伤着这儿了，”林康来指了指自己的头，在周连年震惊的眼神里，又道，“跟他一起坐大巴的女人我们事后调查了，是个拐卖幼童的惯犯，只可惜车祸死了，没揪出背后团伙，我们给这孩子登了寻人启事，都没找到她家里人，后来没的办法，这才把她送去了城郊的福利院。”

周连年转过头看了小姜瑶一眼，抿了抿嘴，没说话，回过头又问林康来。

“你看她那样儿，像被撞坏了脑子吗？”

老实说周连年看人还是蛮准，车祸后的姜瑶除了后脑勺儿有点儿疼之外，没被撞坏任何地方。

“行了，”林康来揉了揉眉心，“你先回去吧，我一会儿把她送回去。”

“送哪儿啊？福利院啊？”周连年又问。

“废话，”林康来白了他一眼，“不然她能去哪儿，待在福利院兴许还会有人收养她。”

“哦，”周连年点了点头，站起来就要往外走，经过姜瑶身边的时候低头看了她一眼，又问，“她都这么大了，还会有人收养她吗？”

即便是有那么一丝人身攻击的意思，姜瑶也不得不承认，周连年说的是事实。

姜瑶打小就特倔，她记得跟她有十余年情分的母亲说，她刚生下来的时候，大家都以为她是哑巴，不哭不闹地，眼睛滴溜溜地转，别人一逗她，就咯咯地笑。

讨人喜欢的姑娘向来不喜欢掉眼泪，哪怕是出了车祸，再醒来找不到自己的父母，甚至自己被辗转送到孤儿院，后又一心求死，小姑娘哼都没哼过。

只是现如今的局面，被周连年一个毒蛇外人赤裸裸地说出来，姜瑶觉得自己要是不掉两滴眼泪，好像真对不起他说的话。

警察叔叔送周连年出去后，姜瑶哭得上气不接下气，可兴许是派出所的其他警察大都麻木，也或许是他们不知道如何安慰她，大都选择了沉默，周连年折回来的时候，小姑娘坐在椅子上哭得都没声儿了，他站在姜瑶面前沉默半晌，末了蹲下，一本正经地看着她。

说：“没事儿，就算没人要你，你也要坚强。”

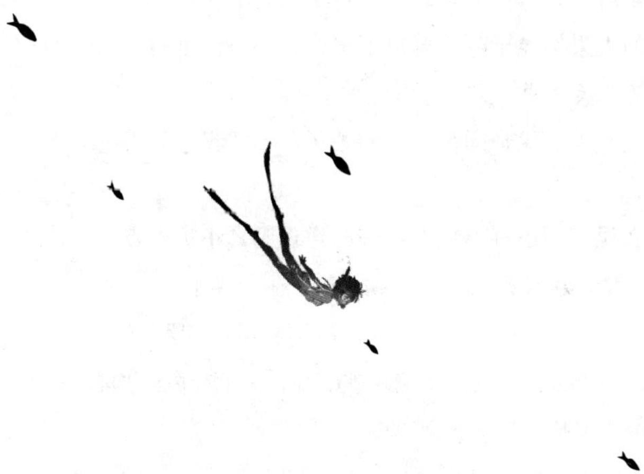

Did you pick up my heart

chapter 04

劝人坚强的周连年下午三点就出院了。

出院手续办的急，中午给他买饭的小护士一听他要出院，急得不得了，说您头部受了撞击，还得留院观察两天，您现在走，后续出了问题可后患无穷。

周连年太阳穴突突地跳，烦躁地冲着手机喊了一嗓子。

“你能不能别哭了！”

电话那端的人果然哼了哼，再也不出声音，周连年捂着电话冲小护士歉意地笑了笑，说。

“公司有点儿事，我必须得马上回去了，不然我明天再过来观察也行。”

病人都这么说了，还有不让人出院的道理吗，小护士点点头，叹了口气走了，周连年关好门，就又朝手机吼了一嗓子。

“你特么一个大男人有事儿说事儿，能不能别老嚎啊！”

电话那端的男声抽抽搭搭，半响才哽咽地，说了一声，“能。”

周连年觉得头更疼了。

助理小吴一面小心地开车，一面透过后视镜观察周连年的脸色，半晌才小心翼翼地问。

“周总，还是去靳少那里吗？”

周连年哼了哼，抬头问她，“你有刀吗？”

声音低沉，眸子漆黑不见底，整个人冷得像冰，也就只有靳郁杭有能耐把周连年惹成这样。

小吴吓得缩了缩脖子，仍是硬着头皮回他，“您要刀干吗？”

也许是指甲刀呢，小助理心想。

“捅了靳郁杭那孙子！”

到了靳郁杭的公寓门口，周连年门铃都懒得按，抬脚就往门上踹，也是巧了，周连年脚刚抬起来，公寓门就被靳郁杭从里面打开了，周连年没出了气，还险些被大门撞到，当下脸色又沉了沉，再一抬头，靳郁杭西装革履的，头顶却顶着个锅。

还是不锈钢的。

这是怕周连年揍他。

周连年气乐了，抬起脚踹了靳郁杭屁股，说，“你作死呢！”

靳郁杭忙把头上的锅放下来，拍了拍屁股上的脚印，又谄媚地跟着周连年坐在沙发上。

“那啥，你可踹我了啊，签约那事儿不许再说我了。”

“我这一脚能值一个亿吗？！”周连年气得头又晕了晕，“我跟投资人都谈好了，就等今天一点签约，你可倒好，去了两句话人不乐意了，黄了，”周连年摊了摊手，指着自个儿脑袋就嚷嚷，“我要不是出了车祸，用得着你？靳郁杭你丫是不是傻逼呀，板上钉钉的事儿都能叫你搅和黄了？！”

周连年和靳郁杭是大学同学兼同寝室室友，两个人刚开始不对付，谁看谁都不顺眼，偏偏靳郁杭性子欠，极爱招惹人，见周连年不爱搭理自己，铆足了劲儿要找那人别扭，往人后背画乌龟，朝人翻白眼儿吐口水，最后还把人反锁卫生间自己在外面唱《青藏高原》，周连年也是被气急了，一脚踹开卫生间门，拽着靳郁杭的衣领子就是一顿胖揍，谁承想一向爱挑事儿的主儿居然是个怂货，趴在床上哭了一宿，第二天还是气不过，哭着打了通电话，喊了三个保镖过来，把周连年堵在了校门口。

那天靳少穿戴得像个黑帮大佬，扯着周连年的袖子哭得涕泪横流，一边哭一边感叹，说，“周连年你太厉害了。”

据说当日周连年以一敌三，把三个训练有素的保镖打得毫无招架之力。学校保卫科听说有人聚众闹事，跑到学校门口一看，就只剩几个黑衣保镖相互搀扶着离校的背影。

孽缘就是这么结下的。

从那日之后，靳郁杭就完全臣服在了周连年的绝对力量之下。

大学毕业后，两个人合伙开了家文化公司主做版权贸易，因为缺乏经验，两个人一开始投的钱都打了水漂儿，公司险些经营不下去，后来还是靳郁杭拉来了一笔五百万的资金，公司这才没垮。两个人都能吃苦，也算是苦尽甘来，公司的生意蒸蒸日上，没过几年就在行业内小有名气了。也是在后来，周连年才知道，靳郁杭就是临江赫赫有名的靳氏集团创始人的宝贝孙子。

别说五百万，就是五个亿，靳郁杭倘若认真地开口去要也不是没可能的事儿。

公司规模越来越大，业务逐步走上正轨，靳少爷懒散的本性就暴露无遗，后面干脆就给自己找了个得力的助手就做起了甩手掌柜，每周开个例会就闪人，一来就调戏公司漂亮姑娘，要不是自己临时出了车祸，他也不会让靳郁杭去代替他。

偏偏就出了差错。

听助理说靳郁杭调戏了签约方的一个姑娘，结果人是投资公司的 CEO，当时就黑了脸，合同一扔，带着人就走了。

一个亿啊，周连年又恨铁不成钢地踹了靳郁杭一脚。

靳郁杭不说话，低着头又抽抽搭搭，哆嗦着用手抹眼泪。

靳少爷天赋异禀，据说打小就爱哭鼻子，一哭就止不住，比小姑娘还像水做的，技能一爆发，方圆十里都得猥琐发育，偏偏周连年是个例外。靳郁杭一哭，周连年就想揍他，后来靳少爷被揍出经验来了，哭鼻子前就给自己找武器，锅碗瓢盆，无所不用其极。

靳郁杭哭得如丧考妣，这次周连年却奇迹般地没揍他。

他想起了朝他碰瓷儿那小姑娘。

说起来，这一晃眼，八年都过去了。

第一年的时候，他还经常过去做做义工，那时候小姑娘天天坐在福利院的教室里看书，看着看着就趴桌子上睡觉，总是不爱搭理他，后面他工作越来越忙，也就没时间过去了，只是每年都按时打给院长一笔钱，说是给小姑娘的，也不知道是因为愧疚还是别的什么。

就算没人收养你，你也要坚强。

他记得第一次见面的时候，他就同她说了这么不要脸的话。

再后面呢，他第一次给福利院捐款，而后中午留在福利院吃饭，坐在小姑娘身边，一边吃一边感叹。

说，你命可真好。

那一次小姑娘没哭。

派出所民警说她被旁人拐卖，出了车祸，没有亲人报案，又被辗转送去了福利院，最后躺在他车前，无悲无喜地一心求死，他说她的命真好。

他纯粹是想表达，自己为数不多的善良全部用在了她身上。

也不知道小姑娘听懂了没。

她说自己还上班来着，按理说她应该刚参加完高考，难道是自己每年打给院长的钱不够交学费，自己还要打工挣钱？

周连年怔了怔，下意识地拿过桌子上的手机。

靳郁杭一看，哭得更厉害了，连哭带喊地扑倒周连年，才从他手里夺回手机，又号啕。

“我错了还不行吗？！你就非要召人开会开了我？！”

“你冷静一下……”

“你让我怎么冷静，周连年我不就黄了一单吗？”靳郁杭抹了把眼泪，站直了身体，脸微微地仰着，一只手掐着腰，一只手遮着脸，哭得格外委屈，“再说我已经努力挽救了，我家里还说给我五千万……”

“……”

周连年又气又笑，从沙发上站起来，手一伸，又想扯靳郁杭衣领子。

“你别过来！”靳郁杭后退了一步，“我不想听你的道歉。”

“你丫给我闭嘴！”

周连年一拳重重地砸向了靳郁杭的肚子。

于是。

整个世界安静了。

靳少爷不哭了，坐在地板上蜷缩成一个球，做困兽小鹿状。

“差不多行了，”周连年站起来踢了那人一脚，“你哭一鼻子抵掉了五千万也值了。”

话音刚落，靳少爷突然抬起头，眼巴巴地看着他。

“真的？！你不骂我了？！”说着嘴巴一咧，笑了，那人泪珠还挂在脸上，随手抹了一把，又起来拍了拍屁股，“唉，地板真硬。”

周连年还是觉得心脏疼，捂着心口在客厅来回转了两圈，靳郁杭已经自顾自地打起了游戏，周连年一个健步冲过去夺过他手里的手机愤愤往地上一摔。

四分五裂。

看着靳郁杭错愕的表情，周连年顿时舒坦了。

“有钱了不起啊！”

说完嗒嗒嗒地跑上楼进了卧室。

靳郁杭看着摔在地上的手机“尸体”，又抬起头往上看了看早就摔上门进了卧室的周连年，嘴角勾了勾。

却是笑了。

神经。

Did you pick up my heart

chapter 05

“江临和饶水中间通了高铁，你看，”林骆指着手机上的地图，“坐车半个小时就到，离得可近。”

姜瑶有些漫不经心，一边等公交一边有一搭没一搭地听林骆的话，末了看了一眼林骆的手机，感叹了下。

“现在的手机真高级。”

她想起自己用的还是林骆很早淘汰的翻盖，笑了笑。

“你的早就该换了，”林骆白了她一眼，又递过自己的手机给她看，“你看，这是饶水的全貌，我再给你搜一下所有的小学，你看有没有熟悉的，你办个加急的身份证，七天就下来了，我陪你去找……”

“我时间来不及了，”姜瑶跺了跺脚，打断林骆的话，“要不我打车走吧，太晚了老板忙不过来。”

“瑶瑶，”林骆抓着姜瑶的胳膊，一贯严肃的表情里，还夹着些意味不明的难过，“哪怕是户口落在福利院，也不能证明什么。”

出租车呼啸而过，姜瑶忙招了招手，那车才在远处堪堪停下。

甚至来不及跟林骆说声再见，用力挣脱了自己被那人钳制的一只胳膊，姜瑶飞快地跑过去上了出租车。

努力让自己镇定下来，偏偏林骆的话一直在自己脑袋里嗡嗡直响。

“你办个身份证，我陪你去趟饶水吧。”

“江临和饶水中间通了高铁，坐车半小时就到，离得可近。”

“哪怕是户口落在福利院，也不能证明什么。”

…………

太快了。

姜瑶不是没想过找自己的父母，可是太快了，她完全没有做好准备。

八年的空白抹去了她有关于父母家人的绝大部分记忆，她努力想象离家时父母的模样，可脑海里居然构不成他们的全貌，那隐隐的，模糊的轮廓让自己恐惧，甚至，她害怕是自己搞错了，怕她心心念念的家乡不在饶水，更怕自己遍寻不到自己的家人，而沦为一场空。

她不敢想。

姜瑶一下午都有些心绪不宁，好不容易挨到下班，刚收拾好东西准备去医院，迷上了直播的老板又举着手机一定要让她在收银台钱收几份钱，直说是要把她打造成“最美收银员”。

姜瑶无奈，低着头麻利地收了几份，直到店里没顾客了，这才抬起头，眼神幽怨地对着举着手机的老板。

“叔，好了吗，我得回去了。”

胖胖的老板乐不可支，举着手机拿到姜瑶面前，献宝似的说。

“姜瑶你看，有人给你送游艇，我替你谢了啊，各位老铁666啊……”

姜瑶：“……”

从附近买了晚饭到了医院都七点半了，也不知道周连年有没有喊人过来，姜瑶一溜儿小跑上了医院电梯，推开病房门的时候却愣住了。

房间里的人是个七八十岁的老人，嘴上戴着呼吸器，浑身上下插满了管子，有护士在给他换输液瓶，看到姜瑶拎着东西站在门口，问她。

“病人家属吗？”

直觉是摇摇头，姜瑶又往后退了退，待看清了门牌号，又走进来，问。

“周连年呢？”

“什么？”

“昨天晚上有个出车祸的病人还住在这里，早上也还在的，怎么换人了呢？”

“出院了吧，没通知你吗……”

姜瑶慌了，拎着饭盒跑到医院大厅前台，着急忙慌地问其中一个前台护士。

“上午304病房有个叫周连年的，他出院了吗？”

“我查一下。”

姜瑶没觉得时间这么漫长过，她甚至想抽自己几个大嘴巴，质问自己为什么今天非要上班，为什么没有要他的电话号码。

“下午三点办的出院手续，”小护士看了姜瑶一眼，又补充了一句，“病人要求的。”

天意弄人。

晚上八点，姜瑶坐在医院广场的长椅上，一面吃着冷掉的晚饭，一面反复咀嚼着这四个字，努力咽掉那直达眼底的酸涩感，姜瑶琢磨着怎样才能再次同周连年取得联系。

他每年都给福利院捐钱，还资助了自己上学的书费和杂费，最开始也会隔三岔五地来做义工，但是院里很少联系外界人士，也不知道院长有没有他的电话……

“小孩儿！”

正琢磨着，忽然听到对面有人说话，声音格外熟悉，姜瑶又是噌地站起来，放在腿上的饭盒毫无意外地洒了自己一身，周连年看了一眼，弯了弯嘴角，笑了。

姜瑶直直地对上了那人含笑的一双眼，一面觉得窘迫，一面又格外欣喜。

"我是姜瑶。"

她又重复了一遍。

这次周连年没有夸奖姜瑶名字好听，耸了耸肩，从口袋里拿出包纸巾，自己抽出一张，剩下的又递给姜瑶。

"想到你晚上会过来，特意来跟你打声招呼，"周连年蹲下身，拿着纸巾耐心细致地擦留在姜瑶腿上的油渍和饭粒，一面擦一面叹气，"你太邋遢了。"

姜瑶没敢动，她甚至以为这是一场梦。

周连年的手很轻，跟小时候她在福利院弄脏了衣服，院长一面骂她一面用力帮她擦干净的感觉不一样，不不，根本没有可比性，她甚至一度以为，这种如在云端的感觉原本应该是父母给予的。

"冷饭好吃吗？"

周连年半蹲在姜瑶面前，脸微微地抬着，满眼笑意地直视她，他的眼睛很大很亮，眸子里似乎有无数星星在闪耀，一闪一闪的，连同他整个人，都泛起了莹白的光。

姜瑶下意识地摇摇头。

"走吧，"周连年站起来，地上的饭盒被他装在塑料袋子里拎着，又拍了拍姜瑶的肩膀，"去吃饭。"

姜瑶于是站起来，顺从地跟着周连年，一步一数，清晰地听到了自己的心跳声。

她时不时回头看，那远远地、落在身后的事物，魔术一般，变成了一簇簇，莹着白光的星星，像是梦境。

周连年没有开车，两个人走到医院附近的一家湘菜馆停下，周连年偏过头朝姜瑶歪了歪头。

"这里怎么样？"

姜瑶顿了顿，指了指周连年还缠着绷带的额头。

“这个伤啊，没事儿，”周连年笑了笑，“我吃清淡点就可以，走吧，小姑娘。”

两个人点了一大桌子菜，周连年没怎么吃，全程都在给姜瑶夹菜，一面夹一面絮叨，说，“多吃一点啊小姑娘，你太瘦了。”

姜瑶身高有一米七，体重却只有九十几斤，整个人看着格外瘦削，纸片人一样，仿佛风大一点儿就能吹倒似的。

小姑娘话也不多，周连年说什么就一个劲儿地点头，夹什么吃什么，腮帮子一鼓一鼓的，圆溜溜的眼睛黑白分明，倒是显得比白天活泼了许多。

周连年抿了抿嘴，忖度着自己该怎么往下开口，右手的食指打着节奏在餐桌上一下一下地敲。

姜瑶终于放下碗，抽出纸巾擦了擦嘴，眼睛一眨不眨地盯着周连年，乖巧的模样像是等待家长训话的小学生。

周连年叹了口气。

“我给院长打了电话，她说你没参加高考，我对你自己做的决定没有任何意见，”周连年顿了顿，看着姜瑶，“你若是后悔，就去复读，我还是资助你上大学，如果你选择工作，我也祝你一切顺利。”

连身份证都没有的人怎么会顺利呢，周连年心想。

姜瑶没敢动，眼睛一眨不眨地盯着周连年的脸，她之前总是想，如果知道了自己没有高考，那他的反应会是什么，生气？失望？抑或漠不关心？

这些都不是。

许是顾念着她的自尊心，那人才违心地选择支持自己，姜瑶不要这样的支持，所有跟自己无甚关联的人都可以站在旁观者的角度来鼓励自己，唯独周连年不能。

姜瑶有些泄气，闷闷地拿起筷子，戳了戳碗里的米粒。

“哎你手机呢，”周连年声调往上扬了扬，“我给你输一下我的手机号。”

“哦好。”

姜瑶依言，把自己的老古董翻盖手机递给周连年，周连年拿在手里看了看，手机虽然很旧了，但是可以看出主人格外爱惜，以至根本没有磕碰的痕迹。

周连年扫了姜瑶一眼，又不着痕迹地把手机换到另一只手里，于是“手一滑”，手机摔在了地上，“恰巧”滚到了周连年脚边，那人“一个不小心”，手机就被踩碎了……

“哎呀，坏了。”

周连年夸张地喊了一声，低下头忙把手机拿上来，自然，是四分五裂的。

姜瑶脸色唰白，看着周连年想说又不敢说。

为什么这么不小心，这得多少钱！

周连年低低地笑了笑，又从自己口袋里掏出一个新手机递给她。

“刚好公司抽奖抽到了一个手机，扔在家里闲着也是闲着，给你吧。”

姜瑶：……

“哦对，我给你换上手机卡。”

周连年把手机卡从旧手机上拆下来，拇指和食指捏着那张小小的卡，然后，又一个“不小心”。

“哎呀，卡断了。”

“……”

“哎呀，办新卡和补办旧卡都要身份证，我明天赶紧带你去办个身份证，真是，太不凑巧了。”

Did you pick up my heart

chapter 06

周连年喊了辆出租车送姜瑶回福利院，大约是因为吃饭的时候周连年种种的“不凑巧”，以至出租车后座中两人的气氛格外尴尬。

“没想过要搬出来住吗？”

隔了好久，周连年终于找到了新的话题。

姜瑶两只手交叉着握了握，点了点头，“最近在打算……”

“哦对，”周连年一拍脑门儿，有些懊恼，“租房子还要身份证。”

姜瑶：“……”

周连年抿紧了嘴，不敢说话了。

他向来不大善于劝慰人，跟院长通完话后，大抵也明白了她不愿办身份证的原因，小姑娘敏感倔强，他能想出的唯一能够促使她迈过这个坎的办法就是搞事情。

搞事情的首要对象就是从硬件入手，周连年第一个想到的就是姜瑶的翻盖手机。

管他是因为舍不得换新的还是有什么特别的寓意，先砸了再说。

至于新手机……

好吧，他原本是出来给靳郁杭买手机的，拿人手软，靳家小少爷毕竟依靠自己的出身给公司拉来了这么多钱，他怎么也不该砸人家的手机。单子搞黄了可以再谈，跟靳小少爷的关系破灭了背后可就没有金主爸爸了，于是在靳少爷红着眼睛一边打游戏一边骂娘的时候，周连年偷偷地跑出来给人家买手机了。

姜瑶的脸也就仅仅出现了一秒，留在脑子里的，反而是她那部糟糕的翻盖手机。

青春期的小孩子大都贪慕虚荣喜欢攀比，他不知道当着他的面，姜瑶是怎么一脸坦然地拿出自己的旧手机的。

也约莫她就是这种性格，清清丽丽，对什么都满不在乎的样子。

周连年于是换了主意。

他觉得当初碰瓷儿那小姑娘倔得很，他这么不告而别，小姑娘说不定会在医院等上半宿，于是忙选了部新款手机，揣兜里就打车来医院了。

更多的时候，周连年都觉得自己格外庆幸。

比如学业顺利，工作顺遂，身体健康，父母安好，哪怕是出了车祸，自己也仅仅是遭受了轻度撞击，同坐在长椅上吃冷饭的小姑娘相比，自己简直活在了天堂。

可为什么，当初的他，能说出那句“你命可真好”来？

“我的意思是……”周连年抓了抓脖子，有些无措地解释，“身份证这种东西……”

姜瑶双手交叠在一起，哪怕是坐在出租车上也坐得规规矩矩，身板挺得格外直，眼睛一眨不眨，随着车子前进的方向看周围的路况。

闻言，偏过头来打断周连年的话，又笑眯眯地补充。

“没关系，我都听你的。”

所有的担忧和羞耻在你面前都不值一提，你说什么我都愿意听。

姜瑶想。

这是……

同意了？

周连年有些错愕，他怔忡地看向姜瑶，似乎是想求证自己的想法是不是正确，顺着他的视线看过去，女孩儿已经重新坐得笔直，他也就仅能看到那人修长的脖颈儿和瘦削的侧脸。

到了福利院门口，姜瑶犹豫了下，转头问周连年。

“你可以在这里等十分钟吗，我回宿舍拿个东西给你。”

周连年无所谓地点了点头，又道，“不着急，我等你。”

姜瑶就说“好”，转过头跑得飞快，大约是不想让他等太久。

原本周连年以为姜瑶给他的是什么手工制作的小物件，或者是自己画的画，考试得的奖状等等，可当女孩儿甩着长腿飞快地跑回来的时候，拿在她手里的却是一个蓝底碎花的小布袋。

“这是……”

女孩儿额头上是细细密密的汗，脸颊微红，说话的时候还带着些奔跑过后的喘息，一双眸子却又黑又亮。

“给你的。”

姜瑶把东西举到周连年面前。

这回周连年看清了。

蓝底碎花的布袋其实是个零钱包，里面鼓鼓囊囊的，显然是装了钱，周连年接过来，打开看到里面整钱零钱有好几卷，又看了看姜瑶，有些哭笑不得。

“这是我自己攒的钱，快两千块了，我过几天还会发工资，我知道手机可能花了更多的钱，可是现在我只有那么多了，我现在工作了，你以后也别给我钱了，给钱我也花不了，都是其他小朋友用的……”

周连年有些无奈，他的想法很简单，之所以每年定期以资助姜瑶的名义给福利院捐款，就是希望院长以及院里其他的老师和领导明白姜瑶存在的价值，不至于因为她的年纪或性格而冷落她，或者任由旁人欺负她。

见周连年不说话，姜瑶又有些紧张，眼巴巴地看着他，又小心翼翼地道。

“我十八岁了，不是小孩子了。”

周连年一下子就明白了。

从头到尾他都没有把自己和姜瑶放到一个对等的位置看待，要么觉得她是个孩子，要么就是得他资助的一个附属品，哪怕是刚刚吃饭，他还在信誓旦旦地说要支持她，自以为是地擅作主张，但其实，她是不喜欢的吧。

可即便是这样，还是有一个最大的问题，周连年蹙了蹙眉。

“你没有身份证，没办法证明你成年了啊。”

“……”

周连年看着女孩儿有些恼火地咬了咬唇，这才噙着笑，伸出手摸了摸女孩儿毛茸茸的发顶。

“行了，就当我送你的礼物，你可以等我过生日的时候再回送我。”

姜瑶眼睛一亮。

“你什么时候过生日。”

“明年五月。”

姜瑶：“……哦。”

“好了，”周连年把钱包的拉链拉好，拉过她的手把钱包放在她手里，这才抽回手插进口袋，“快回去吧，明天我带你去办身份证。”

“你的电话。”

姜瑶递给周连年纸笔，刚刚回去拿钱包，一路上她都在念叨着要电话，吃饭的时候他问她要手机输电话号码，没想到手机摔了，电话也没要。

周连年接过来，把手里的纸折了折，快速了写了一串数字，末了又龙飞凤舞地在后面加了自己的名字。

“给，有我的签名。”

姜瑶点点头，心里甜蜜地笑开了花，偏偏面上格外冷静，接过纸笔，又抓紧了手里的钱包。

“那我回去了。”

“小姑娘，”姜瑶走出几步远，周连年又在她身后喊了她一声，“我以前错怪你碰瓷儿，现在送你手机又请你吃饭，我们两清了。”

姜瑶顿了顿，没回答，待到周连年话音刚落，她才急急地跑走了。

清不了的，她想。

这恩怨盘根错节，永远都清不了的。

福利院建在城郊，这会儿都快十点了，也不知道能不能在这里打到车，叫车软件半天没有人接单，周连年就揣着口袋，漫不经心地一边走一边踢路边的石子儿。

这一天天的都什么事儿啊。

周连年又想起了公司融资的事儿，一个亿，轻飘飘的，就没了，也许过不了半年，这公司就改名姓靳了，他不知道靳郁杭怎么考虑的，那人虽然看着不靠谱儿，可是关键时刻从来没有掉链子的时候，约莫是觉得背靠靳氏好乘凉，要么是为了别的。

公司业务扩展，想在影视界插一脚，少不了需要钱，周连年想给悦历的女 CEO 打个电话，可一想到那女人色气满满的样子，就又有些下不去手。

还是算了。

黄了就黄了，至少靳氏给了五千万呢，只是靳郁杭口味这么独特，他还真是没想到。

这么想着，手机铃声响了，靳郁杭打来的电话。

“说。”周连年的声音懒懒的。

“你是不是出去了，我刚赢了一局游戏，”靳郁杭的声音很高，能听出来格外开心，“这是迄今以来的第一次胜利，你回来的时候给我买几个冰淇淋，我家里没有了。”

周连年看了看眼前荒凉的，毛都没有的马路，低低地笑了一声。

“你笑什么？”靳郁杭的耳朵可尖。

“你出来接我，我打不到车了。”

“这才几点你就打不到车？！”靳郁杭嚎了一嗓子，“你现在在哪儿呢？！”

“我给你微信发定位，”周连年的声音压得很低很沉，竟无端听出些隐匿的可怜来，末了又朝那人道，“快点儿来，蚊子太多了。”

再想听靳郁杭回话的时候，那端已经挂了电话。

这哥们儿偶尔还挺像个人的。

周连年坐在马路牙子上被蚊子咬了半个小时，终于等来了姗姗来迟的靳公子。

六月的天饶是夜晚都没有一丝凉气，偏偏城郊荒凉的模样让人觉得一阵恶寒。

靳郁杭浑身上下裹得严丝合缝，面上黑超口罩，身上风衣加成，除了脚上趿拉着一双人字拖之外，无可挑剔。

“不热吗？”周连年问。

靳郁杭来势汹汹，下了车几步走到周连年面前，摘了墨镜和口罩，居高临下的看着他。

“说，跟谁的？”

周连年愣了愣，“什么？”

“禽兽！”靳郁杭跺了跺脚，一脸的恨铁不成钢，“你说，你跟哪个女人生的野种给弄福利院来了？行啊你，枉我一直把你当成正人君子，你下流！无耻！流氓！禽兽……”

周连年站了起来，坐的时间太长，以至腿有些麻了，手脚活动了下，发出了咔咔的声响，这才转头问。

“你刚刚说什么？”

“我……”靳郁杭缩了缩脑袋，转头趿拉着拖鞋往车上跑，“我说赶紧回去吧，我家这么有钱，再被拍到上娱乐新闻咋整，我爷爷得打死我。”

戏精。

上了车，周连年约莫是累了，闭着眼睛不知道是睡是醒，靳郁杭被刚刚那一身行头逼出了一身汗，这会儿吹着冷风开着车，才觉得自己缓过劲儿来，抿着嘴朝旁边看了一眼，又瓮声瓮气地开口。

“不是我说你，你满打满算也就才三十岁，交女朋友不告诉我也就算了，还搞大人家的肚子，搞大人家肚子也就算了，生下孩子你不好好养，你说你把人孩子扔福利院了，你说你还是不是人啊。”

义愤填膺的模样颇像个正义的审判官。

“闭嘴。”周连年揉了揉眉心，又道，“好好开你的车！”

靳郁杭不敢吱声了，点了点脚用力踩了下油门，心想着自己早晚得把那个狐狸精找出来。

一直到了公寓，靳郁杭还是没憋住，跟着周连年上了楼，挡在他卧室门前，举手。

“周老师，我想问最后一个问题，你说……”

“你说，”周连年打断他，蹙着眉问，“托学校老师的关系能让小孩儿上学吗？”

周连年的父母都是大学教授，一辈子的时间都花在了教育事业上，在学校里一直很受学生和校领导重视，托他们的关系，也不知道能不能送姜瑶进大学。

见靳郁杭傻瞪着眼睛不说话，周连年料他也说不出什么好话，手一挥把那人推到一边，靳郁杭还没反应过来，周连年已经反锁了门。

周连年出车祸前一个月都在外地出差，事情办完回来正赶上暴雨，没想到就出了车祸。

他的父母都住大学公寓，周连年一个月回不了一趟家，打电话的次数也少得可怜，这次受伤没想到会被那小姑娘救了，还死心塌地地陪着他整整一晚上，他也就放弃了给父母打电话的想法。

至于靳郁杭，更不靠谱儿了。

只是他一个月没回自己住的公寓，里面卫生没有打扫，也难免觉得冷清，每次出差回来他都会在靳郁杭这里住两天。

更多的时候，那人会拉着自己打上半宿游戏。

靳郁杭热爱游戏，偏生自己是个坑货，每次身边都得有个MVP保护他，周连年就扮演了这个角色，所以与其说靳郁杭欢迎他，不如说是欢迎自己的保护伞。

什么啊……

靳郁杭这才回过神来，抬起手把周连年的卧室门敲得咚咚地响。

“不是，你真有孩子了啊？还上学了？幼儿园还是小学啊？跟哪个狐狸精生的啊你告诉我？你接回来我给你养啊。保证给你养的白白胖胖的，给孩子最高级别的待遇。让他有俩爸爸。”

Did you pick up
my heart

chapter 07

第二天，姜瑶早早地就到了便利店，因为记挂着办身份证要拍照，工作的时候总是心神不宁，稍微有点儿反光的东西就要照一照，生怕自己在仪表上出了差错。

她鲜少拍照，也向来不太在意自己的长相穿着，只是“人生中第一次拍证件照居然有周连年参与”这件事让她觉得局促且不可思议，更多的，偏生是心里弥漫着大片大片的星，让她的心顿时亮堂且喜悦起来。

老板比她来得更早，没追剧也没直播，愁眉苦脸地坐在收银台前，也不知道在想些什么。

“叔，”姜瑶喊了老板一声，“今天来这么早啊。”

老板姓董，生的四方富态脸，挺的是啤酒将军肚，以往姜瑶跟他打招呼，老板都会爽朗地回一个“早”，顺便再抓着录个直播，可刚刚富态的董老板居然没有吭声，只是敷衍地点点头，看都没看姜瑶一眼。

姜瑶去查货架有没有缺货，围着便利店走了半圈，重新贴了几个标价，回收银台拿东西的时候，老板依然维持着原来的姿势和表情。

跟老婆吵架了？

便利店生意不好要倒闭了？

姜瑶思来想去还是觉得第一种可能性比较大，正琢磨着自己要以怎样的身份和理由来安慰他时，老板忽然抬起头，看着她的时候眸光闪动，里面的歉疚和不好意思，至少当时的姜瑶是没看出来的。

“那谁，”老板朝姜瑶招了招手，姜瑶没动，她和董老板只隔着一张收银台，已经足够近了，“你看啊，你在我这里工作快两个月了吧，不瞒你说，我还挺喜欢你的，你做事儿认真，人又能吃苦，长得漂亮，我直播的时候你露个脸人家还有人给我送游艇……”

只是很遗憾，这么多的夸赞，后面却都跟着“但是”两个字。

姜瑶大气都不敢喘一口，眼睛直直地盯着老板，一动都没敢动，生怕错过了什么重要的讯息。

“但是吧，你看，这个店平日里也不怎么忙，再加上我老婆那个人，”老板有些不好意思，“你也知道，我老婆心眼儿小，就爱瞎怀疑……”

“我可以跟阿姨解释，”姜瑶急急地回道，“叔，我肯吃苦，我以后可以晚点下班，多帮店里做点事，要不然工资的话我也可以少要点儿，你别赶我走……”

她好不容易才找到的工作。

“不是，不是钱的事儿，”老板抓了抓头发，看起来有些烦躁，“我老婆她有个表妹，这不刚刚高考完，不想在家里闲着，你嫂子的意思就是看你能不能把这个位置让出来，毕竟我这店也不是很忙，有个人手就够了……”

姜瑶明白了。

只是失业来得太快，她一下子缓不过来，半晌才恍惚地点了点头，说。

“那行吧叔，我刚查了下货架和标签，都挺好的，我一会儿就走吧。”

“这是你这个月的工资，”老板低着头，大抵是觉得满是歉意，没敢抬头，从收银台抽屉里拿出一个信封递给她，又说，“你点点。”

姜瑶没有工资卡，每个月的工资都是老板给现金，看得出来老板心肠好，现在对她也是真的存有歉意。

姜瑶当着老板的面，把钱从信封里抽出来，一张张数了数，又把多出来的八百块钱放回收银台上。

“拿着吧，”老板叹了口气，“就当是给你的补偿。”

姜瑶的眼睛暗了暗，摇了摇头，“我该拿的钱都拿了，您也不欠我的，谢谢您给了我这个工作机会。”

说完，姜瑶微微地朝面前那人鞠了鞠躬。

“我不是，唉，你找工作不容易，都是我……”

姜瑶看着往常笑起来没心没肺的老板，现在却苦着脸急于向她解释自己的歉意，顿时就觉得难过起来。

以前在福利院，大家都喜欢她，院长夸她能干，老师们夸她聪明，就连做饭的阿姨都夸她夸嘴甜，她的本意从来就不是给人造成困扰，也无意让人为难。习惯了讨别人的欢喜，许是为了自保，但更多的，是想让旁人心无芥蒂的接纳她，像接纳一个正常人一般。

为什么现在会这么难？

姜瑶觉得委屈，但更多的，却是无措。

低着头扫过收银台旁的糖果盒子，姜瑶从里面拿出两只棒棒糖，朝一脸歉疚的老板晃了晃。

“叔，你送我两个糖吧。”

老板没说话，见姜瑶打开了一只棒棒糖的包装纸，舔了舔，那人弯着眼睛，朝他笑了。

“真甜。”姜瑶说。

林骆见到姜瑶的时候，那人正叼着棒棒糖，大咧咧地蹲在距便利店不远处的马路牙子上。

大中午热烈的阳光直直地晒到她身上，姜瑶戴着棒球帽，露出了半张白皙的，巴掌大的脸，她皮肤原本就偏白，这会子被太阳光一烤，更是显得面上泛了光。

林骆愣了愣，走过去，站在她身边，看着她露出来的细胳膊细腿，抬起脚轻轻地踹了踹她的腿。

“傻不傻，在这儿蹲着不怕中暑吗？”

姜瑶身子被林骆踹的微微晃了晃，见他也蹲在自己身边，跟受难兄弟似的，想了想，把另一只手里草莓味儿的棒棒糖递过去。

“给你吃。”

林骆愣了愣，接过来，下意识地就要掏口袋。

“不要给我钱了，”姜瑶耷拉着脑袋，有些无精打采，“我请你吃的。”

林骆攥着糖，没吃，看了看不远处的便利店，又问。

“怎么不去干活儿？被老板骂了啊？”

“要是被骂就好了，”姜瑶把脸埋在胳膊里，声音闷闷地，“我失业了。”

林骆一愣。

姜瑶今年十八岁，如花一般的年纪，同龄人都趁着这个难得的高考假期去旅游，去购物，去聚会，她没有高考，忙着生计，大热天苦兮兮地蹲在太阳底下，说自己失业了。她知道林骆不会笑话她，更不会怜悯她，姜瑶深恶痛绝的他统统不会做，也只有在林骆面前，她才会坦然地说出自己的处境，那种同龄人之间难得的默契一度让姜瑶充满了依赖感。

可是哪怕再依赖，林骆也是外人。

“走吧，再蹲下去就晒化了。”

林骆突然扯着姜瑶的手站起来，姜瑶蹲的时间太长，起来的时候身形晃了晃，眼前突然一片漆黑，弓着身子站了好长一会儿眼前才渐渐明晰了，林骆皱了皱眉，问她。

“低血糖还是中暑？要不要去医院？”

姜瑶脸色发白，没好气儿地白他一眼，“你蹲久了也这样！”

林骆耸了耸肩，没说话。

他再娇生惯养，在太阳地底下蹲个半小时一小时，起来的时候也不会眼前一抹黑。

两个人去了附近的一家冷饮店，林骆不爱吃甜食，给姜瑶点了一大份冰淇淋，自己要了杯冰可乐，坐在对面看着姜瑶一小口一小口地吃冰淇淋，倒是格外赏心悦目。

女大十八变，这话一点也不假。

姜瑶幼时的样子林骆已经记不得了，约莫也是好看的，只是福利院的照顾并没有那么细致，以至留在林骆脑海中的，只剩那日她头上歪歪扭扭、乱蓬蓬的小辫子，套在身上稍嫌宽大的粉色连衣裙，以及脸上黑白分明，却无限茫然的一双眼。

父亲第一次接姜瑶回家吃饭，那人就站在父亲身边，小手紧紧牵着父亲的手，茫然无措地看着他，像个小傻子。

父母把他最喜欢的玩具都给了小傻子，他还主动让出了自己的游戏机，小傻子连一句“谢谢”都没说。

一晃八年。

小傻子越长越高，可身上仍然瘦瘦巴巴的，没有几两肉，父母周末常喊她去家里吃饭，那人倒也不客气，“林所长”“骆主任”地喊得格外开心，他们维持了很长一段时间别扭的友情，不知道从哪一天开始，居然就习惯了。

小傻子白净清瘦，身板儿笔直，整个人都带着他们江南人无限的温婉。

很奇怪，这份温婉里又夹杂着些许灵动和冷清。

“对了，你手机怎么了，”林骆突然想起来，问她，“早上给你打电话你手机关机了。”

“摔了，”姜瑶含糊地回答他，“昨天吃饭，手机被周……”

姜瑶这才想起自己错过了什么事儿，一个囫囵把嘴里的东西咽下去，忙又问林骆。

“现在几点了。”

“十一点十分,”林骆看了看时间,问她,“怎么了？你刚刚说‘周’什么？”

姜瑶咬了咬嘴唇，没回答，他想起了昨天周连年的话，他说今天来接她去办身份证，可是那人没说具体时间也没说具体地点。

“把你手机借给我。”

林骆攥紧了手机，抿着嘴，“你先说‘周’什么。”

姜瑶不说话，站起来就要走。

“给你。”

不知道在赌的是哪门子的气。

甚至不用翻看昨晚的那张纸条，那一串数字早就被她记得滚瓜烂熟，她直觉周连年不会骗她，这么想着就急于想去求证，不计后果的。

只是坐在自己面前的林骆脸倒是臭得很,不晓得在闹什么脾气。

电话响了很久才被接通，姜瑶听到电话那端有很轻地关门声，末了她听到周连年礼貌的回答。

“你好，我是周连年。”

“你好，”姜瑶紧紧地抓着电话，一刹那的紧张让她头皮发麻，只得硬着头皮说了句，“我是姜瑶，我是不是，”姜瑶顿了顿，“冒昧了？”

电话那端，周连年靠在墙上，一只手拿着电话，一只手揣进裤子口袋，眉目舒展了些，轻轻地笑了。

“没有冒昧，只是我这几天公司确实事情太多，只能空出时间再去找你了。”

姜瑶有一瞬间的失望，眼睛暗了暗，嘴上却忙说，“没事没事，不用来找我，你忙吧，不打扰了。”

说完，也不等电话那端再说什么，急匆匆地挂了电话，还快速地把手机推到林骆面前，好像林骆的手机是什么洪水猛兽一样。

林骆接过手机，看了看姜瑶拨通的那个电话号码，又看了一眼通话时长，二十三秒，还好。

“‘周’什么？”

林骆又问。

有期待果然不是好事。

姜瑶叹了口气，看着林骆。

“带我去慰问下林所长吧，我去把身份证办了。”

“……”

同一时间，连华科技公司的大会议室里已经炸开了锅。

靳郁杭把衬衫袖子挽到了胳膊肘儿，眼见着周连年出去接电话，气得绕着会议室长桌走了大半圈，指着被关紧的会议室大门对一众高层嚷嚷。

“看看看，不要脸，是不是不要脸，你们看到了没，周连年避开我们接电话，快看，一分钟了，”靳郁杭指了指腕上的手表，“他出去一分钟了，心里有鬼，给他打电话的一定是那个给他生孩子的狐狸精！”

Did you pick up my heart

chapter 08

助理小吴坐在一旁做会议记录，听到靳郁杭的话不禁冒出了一身冷汗，一边小心地扯了扯靳郁杭的衣角，一边不时地盯着会议室的门。

看着几个部门的经理憋笑的样子，小吴顿时心一凉。

偏偏这个靳少爷还不分场合，举起会议桌中间的花瓶直嚷嚷着要去找那个狐狸精。

小吴心里那个恨啊，面上还得毕恭毕敬，咳了一声，说。

“靳总，开会呢。”

“开他姥姥，不玩儿了！”

靳郁杭说着，花瓶往桌上一撂，小吴忙伸手去扶，瞧见花瓶完好无损，眼泪都要掉下来了。

太好了，几千块保住了。

再一看靳郁杭，人直接摔上门走了。

小吴看了看几个部门经理互相切换眼神的样子，顿时表示心好累。

她从三年前就跟着周连年做工作助理，公司发展得快，在文化行业知名度又高，刚来的那段时间，她逮着人就跟人说自己在连华科技工作，行业内的伙伴先是恭喜她，接着都爱八卦地问她一句。

哎，听说你们公司两个老板之间关系很暧昧啊，你怎么看？

她能怎么看，她得闭着眼睛蒙着心看。

不但行业内这么说，连她们公司内部，员工的业余八卦时间都是讨论周总和靳总的关系，只不过没有石锤，大家传来传去的，也就几句空穴来风的话。

靳郁杭爱拈花惹草，公司里的漂亮姑娘没有一个没被他调戏过的，外界传闻靳少男女通吃，可小吴左看右看，靳少也只是言语调戏了公司的漂亮姑娘，对周总也没有什么过分的行为，哪里左右通吃了？再说周总，她跟了他三年，愣是没看到有哪个姑娘跟他有密切的关系，姑娘没有，就一个靳少，还是个戏精，妥妥的单身狗不解释。

只是这些话，不说憋得慌，说了又逾矩，人正主儿还没说什么，她也不好意思为人鸣不平。

就是……

气的胃疼。

万一周总哪天不高兴了，受连累的不还是她吗？

这么想着，周连年推开门进来了，众人立刻噤声，翻翻找找地，看起了手底下的资料来。

周连年脸上看不出悲喜，也没有过多的表情，抽出办公椅坐下，又打开笔记本，看了小吴一眼，说。

“继续吧。”

小吴愣了愣，看了看旁边靳郁杭空荡荡的座位，硬着头皮道，“可是靳总还没回来……”

“不管他，继续，到谁了？”

商务部老大推了推鼻上的眼镜，举手。

“我接着说吧。”

周连年点了点头。

靳氏的五千万投资还没落停，周连年后来回过神儿来，用脚趾头想也知道，靳郁杭之前说的已经拿到了那五千万不靠谱儿，靳氏只是答应了要给他们公司一个机会，如果公司拿出的方案不具备足够的吸引力，他们一分钱也别想拿到。

靳氏集团旗下的公司覆盖面广，单说娱乐产业就有一套自己完善的运营机制，他们若是想拿到钱，就要推陈出新，这次怕是依靠靳郁杭走关系户也行不通了。

小吴听着商务部老大的话直打瞌睡，眼睛直勾勾地盯着那人的脸，看着他的嘴巴一张一合，再偏过头看看周连年，那人的眉头一直蹙着，不知道在想些什么。后面小吴干脆连会议记录都不记了，直接在上面写了个“假大空”。

商务部老大洋洋洒洒地说了半小时，周连年点了点头，没做评价，又问大家。

“还有补充的吗？”

“我觉得……”运营部老大举了手。

“没有的话散了吧，去吃午饭吧。”

直接打断了运营部负责人的话。

小吴小小地为周连年的果断打了电话，随着周连年的节奏，快速地收拾好了东西，跟着周连年出去了。

会议室里留下一众高层面面相觑。

周总今天心情不对啊……

不会是跟靳总闹矛盾了吧……

小吴跟着周连年出了会议室，上电梯的时候，周连年又叮嘱她。

“你去帮我打听一下，靳氏在南边是不是买了块地。”

“好，”小吴点了点头，又说，“之前说是招标，有风声说是被靳氏拿走了，我再去确认一下。”

“嗯好，”电梯到了，周连年朝小吴点点头，“你去吃饭吧。”

小吴便说好，一颗心还没彻底放松下来，周连年的声音就又从背后响起。

“小吴，查靳氏那块地前，你还得帮我一个忙。”

讪讪地转过头，小吴原本以为会发现周连年一张心事重重的脸，没想到那人看自己的时候，眼里似乎含着笑，小吴瞬间有些恍惚，她好像，很少看到周总笑得这么温柔。

周总，可真好看啊。

比一直咋咋呼呼，衣服穿得花里胡哨的靳总好看多了。

“您说。”

“你下午拿着我的身份证去办一张手机卡，送到城郊的福利院，具体地址我等下发你，去了之后你就找那小，哦不，”周连年顿了顿，“你就说找姜瑶，如果她不在的话，直接把手机卡给院长，让她代为转交，再帮我问问姜瑶工作地址在哪里。”

小吴细心地记下了，末了脑子一抽，下意识地脱口而出。

“姜瑶是谁？”

说完就后悔了，小吴立刻低下头，面上的表情无限懊恼，恨不得甩手抽两巴掌。

关你毛事啊。

原本以为周连年不会回答，小吴下意识地想随便道个歉溜了，抬起头来的时候，看到周连年连嘴角都噙着笑，一时间蒙了。

“就是一小孩儿。”

周连年说。

小孩儿？

什么小孩儿？

难道真跟靳总说的一样，周总未婚先育，有了一个即将上学的小孩儿？

不对，既然是小孩儿，为什么会工作？

小吴一边琢磨一边去公司食堂，一个没注意，直直地就撞到一个人怀里。

靳郁杭凶巴巴地，伸出手掐着小吴脖子。

“快说，周连年跟你说了什么，不说的话我就说你非礼我。”

小吴咽了口唾沫，忙回答，“什么都没说，就问我今天的会议总结而已。”

“他让你帮她什么忙，你是不是要去见那个狐狸精？！”

“靳、靳总，”小吴结结巴巴，脸一垮都要哭了，“您别为难我了成吗？”

“不成，”靳郁杭把掐小吴脖子的姿势改成揽肩，迎着周围同事的侧目，哥俩好似的往食堂走，边走边微笑地倾过脸朝小吴咬耳朵，“我分明是在跟你友好协商，既然你把这个叫做‘为难’你，那更说明周连年交代你的事儿非同小可，我今天就非得跟着你。”

靳郁杭除了能哭，最大的技能就是死缠烂打。

死缠烂打的靳郁杭技能爆表，说到做到，除了厕所没跟着小吴进去之外，其他果然做到了如影随形。

下午三点，小吴在移动大厅办好手机卡之后，靳郁杭跟着小吴终于如愿坐上了去福利院的车。

“原来是给那小孩儿办手机卡啊，”靳郁杭托着腮，啧啧了两声，又说，“这父亲还真是当的细致入微。”

小吴被靳郁杭这一下午折磨的浑身带刺儿，听到靳郁杭的话，立刻挑了眉，问。

“公司现在忙得焦头烂额，您不待在公司，万一周总找您，跟您商量事儿怎么办？”

“就说我拉肚子呗。”

“那您说假话要是被周总发现了呢？”

“发现就发现了呗，又不是没说过。”

小吴被气乐了，等红绿灯的时候，偏过头来认认真真地看着靳郁杭，说，“靳总，您要是真为周总好，现在应该留在公司帮他。”

小吴的话似乎对靳郁杭起了一丁点儿作用，那人竟神奇地没有果断反驳，似乎在思考小吴说的话是不是具有可实施性，良久，那人一边嘴角才噙着笑，笑眯眯地看着前方，文不对题地回答她。

“知道我姓什么吗？”

相比于往常，这个时候的靳郁杭实在是太过冷清，小吴瞥了一眼后视镜，看到那人嘴角的笑一瞬间消失得干干净净，紧绷的脸部线条使得他整个人都变得比往常倨傲且阴郁起来。

小吴便立刻噤了声，再也不敢随意开口。

靳氏的继承人，一般人还真得罪不起。

两个人到福利院的时候，姜瑶果然不在，小吴又托传达室的老师联系了院长，两个人在接待室里喝完了一杯水，院长这才姗姗来迟。

小吴说明来意后，立刻将办好的手机卡交给院长，院长一面说好，一面悄悄地打量坐在自己对面的男人。

男人皮肤细致，五官有混血的感觉，与其说是俊美，不如说那中间带着一点点撩人的魅，好像，院长茫然地想了想，之前在新闻里见过？

小吴眼活，见院长一直盯着靳郁杭看，忙介绍道，“院长，这是我们公司的靳郁杭，靳总。”

“哦是，”院长笑了笑，胖胖的脸上充满了褶子，“青年才俊。”

靳郁杭一直懒懒散散地，听到老太太夸他，这才稍稍觉得宽慰了些，又问院长。

“那小孩儿什么时候能回来？”

“瑶瑶吗？”院长愣了愣，又道，“她在外面工作，平时回到院里都七八点，昨天回来的要稍晚一些。”

“您能给我个她工作的地址吗？”小吴忙道，“周总说一定拜托您给个地址。”

“当然，当然，”院长连连答应，在一旁找了纸笔，颤颤巍巍地写上一串地址，又说，“我前一阵刚问了瑶瑶工作的地址，还好我记得，”末了把纸张给小吴递过去，又道，“周先生是个好人。”

靳郁杭在一旁哼了哼，心说一个父亲把孩子扔福利院，还说这父亲是好人，有病吧。

可又觉得哪里不对，自己一时半会儿居然想不起来。

小吴要了地址，送了手机卡，还细心地把手机卡号记下来，这就起身告辞了，同院长客套了几句，站在会议室门口，说“您留步，”靳郁杭这才不疾不徐地跟着小吴出来。

两个人走到门口，靳郁杭突然脑袋里灵光一闪，扯住小吴的胳膊问。

“那小孩儿多大了，为什么就工作了？”

小吴也好奇得厉害，摇了摇头，又道，“也可能不是说的这小孩儿的工作地址吧。”

小孩儿妈妈？

周连年那个见不得人的狐狸精？

靳郁杭眯了眯眼睛，没动。

小吴上了驾驶位，刚发动车子，就发现自己旁边那位大爷没上车，头探出车窗，忙喊。

“靳总，事儿办完了，我们赶紧回吧。”

靳郁杭不耐烦，揣着口袋干脆背过头，说了句。

“你走吧，我在这儿待一会儿。”

小吴觉得眼前一黑，恨不得自己现在马上就晕过去。

她的亲娘四舅姥姥家的大表叔！

认命地下了车，小吴苦着脸走到靳郁杭身边，劝小孩儿一样。

“靳总，院长说人孩子每天都七八点才回来，难不成你要等到那时候？这附近一看就不好打车，我开车走了，您怎么办？我们到这里开车都要一个小时，您要不先回……”

“你怎么还觉得这姜什么是个小孩儿？也许是福利院的工作人员呢，你想想，可不就是那个狐狸精吗？”

小吴觉得逻辑不通，“福利院的工作人员怎么会去外面工作呢？”

“所以说等等看不就知道了吗？”

“难道要在外面干等着吗？”

“不然你还想进去喝苦茶吗？”

小吴顿了顿，开始思考起靳郁杭的话中的可能性来，强烈的职业素养让她赶紧带人离开，可，埋藏在心底里的八卦欲被彻底激发，小吴险些迈不动脚。

看了看时间，现在还不到五点，要等那孩子回来，至少还得俩小时。

“要不，”小吴顿了顿，又问，“我们去车里等。”

靳郁杭翻了个白眼，没说话。

去车里等，万一强行把他拉走了，他找谁说理去，当他傻吗？

小吴叹了一口气，心说自己干脆跟周总坦白了得了，死也死的痛快点儿，刚一转头，就看到远远地，依稀是一男一女朝这边走来了。

他们没有打车，约莫是下了公交车，从远处的车站走过来的。

“哎那是不是……”

顺着小吴手指的方向，靳郁杭远远地看过去，眼睛眯了眯，无意识地撇了撇嘴。

他倒要看看，周连年特意交代小吴来给送手机卡的姜瑶，到底是哪块儿小饼干！

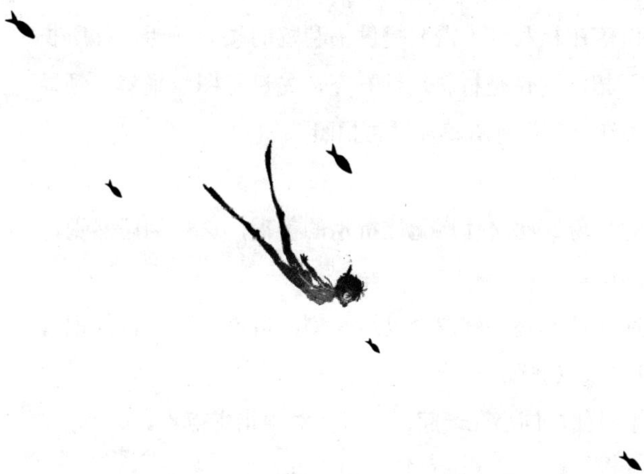

Did you pick up
my heart

chapter 09

林骆带着姜瑶直接奔向了派出所。

得知是林所长的儿子，帮忙给他们办理身份证的小江格外热情，端茶递水，一个劲儿地夸林骆青年才俊，林骆不领情，干巴巴地说了句，“江哥，我才刚高考完。”

小江又乐了，“厉害厉害，亲自参加高考，年少有为。”

坐在一边填材料的姜瑶忍不住抿着嘴笑了。

姜瑶的户口落在福利院，需要提供福利院的领养证明，林所长提前跟小江打了招呼，说是材料后续补充，先进行图像采集，领导都这么说了，小江立刻招呼着姜瑶过去拍照。

很奇怪。

之前一直对身份证明这件事无比抗拒的姜瑶，这一刻居然觉得格外地紧张和刺激。

一颗心扑通扑通地跳，好像经过这一刻，自己就同一直都抱着无限怨恨的这世界，和解了一样。

林骆站在她对面，同小江一起，一直在对她指指点点。

“哎往左一点，过了过了，再往右偏一点。”

“瑶瑶你下巴低一点儿，眼睛别睁那么大。”

“那也不能眯着眼啊，我觉得刚刚就挺好的，你想笑吗？”小江从相机后面探出头，“笑也是可以的。”

“但是我其实觉得不笑更好看，”林骆摸着下巴，“有一种清冷的高傲感，再说作为我们国家的公民，该是多么严肃且骄傲的一件事啊。”

“不能你不苟言笑就要求她人也这样吧，我倒觉得笑笑挺好的。”

…………

姜瑶觉得自己的脊背都坐僵了，嘴角的笑更是堪堪地扯着，丝毫没有生气，只得咬着牙，低低地说了句“快点儿。”

林骆和小江各持己见，两个人商量不成，最后各自选了满意的照片让姜瑶来选，都是自己的脸，一个面色寡淡，一个笑得热烈，看着可喜庆。

“你选哪一张？”小江眼巴巴地看着她。

姜瑶再一看林骆，那人抱着胳膊，一副无所谓的模样坐在一旁，瞥一眼她又瞥过去。

像小孩儿闹别扭一样。

“这个吧，”姜瑶指着第二张，“我喜欢这个，看着喜庆。”

她耿耿于怀的这些年份，希望随着这张身份证的确立自己能变得通透明亮起来。

“我就说嘛，”小江很开心，“你看眼睛亮晶晶的，多好看。”

“没眼光。”林骆嘟囔了一句。

“那是办加急的还是正常的？”

“加急的，”林骆忙说，“是七天后过来取吗？”

“呦，你知道的还不少，”小江笑了笑，看着姜瑶，说，“加急的可贵啊。”

姜瑶下意识地摸了摸口袋，咬了咬嘴唇，有些紧张。

“就五十块钱有什么好吓唬人的，”林骆站起来，走到姜瑶身边，伸出胳膊揽过她的肩膀，“瑶瑶，拿钱砸死他。”

姜瑶笑了。

甩开林骆的胳膊，把钱递给小江，又问，“七天后我是直接过来拿吗？”

“对啊，过来拿或者给你快递过去也行。”

“我自己过来拿吧，”姜瑶忙说，又有些不好意思，“我就是怕快递寄丢了。”

直到出了派出所，坐公交车送姜瑶回福利院的路上，林骆还一直在嘲笑她。

“之前说让你办身份证，死活非不去，自己不想高考又把锅推给身份证，现在也不知道怎么想通了，快递都不敢寄，还说怕丢了，”絮絮叨叨地，一直在说，“以后别说是我们林家人。”

姜瑶翻了个白眼儿，摸了摸口袋里安安静静躺着的手机。

办好身份证后，第一件事先去办张手机卡吧。

“想复读吗？”

姜瑶一愣，问林骆，“复读什么？”

“你不想上大学吗？”林骆反问，“如果是担心学费的话，你大学可以勤工俭学，我还可以帮……”

…………

有了身份证，她就能像正常小孩儿一样，回归正常的生活吗？

没可能的。

她一直觉得自己跟福利院其他被抛弃的小孩子不一样，每每回到福利院，这种感觉就越强烈，好像一旦认定了这个事实，自己那份微不足道的自尊心就得到了极大满足似的。

可说到底，这里面有什么区别呢。

时间越往后，她对过去的记忆就越是模糊，甚至到现在，她连对亲生父母一丝一毫的印象都没有了。

到底那个家是什么样的，弟弟有多可爱，父母有多疼她，妈妈是不是像梦里那般模样漂亮，是大眼睛还是白皮肤，她统统都想不起来了。

是被抛弃还是被拐卖，又有什么区别呢？

一个人自然是可以活下去的。

她假装看不到旁人家父母对小孩儿的宠爱，假装看不到同龄人的无忧无虑，假装她这不顺遂的人生，是老天给她带来的短暂的苦难，熬一熬，忍一忍，就全都过去了。

可是为什么别人家的小孩儿就不用遭受这种苦难呢？

为什么别的小孩儿可以无忧无虑，回家有父母疼爱，不用担心学费，不用为生计发愁，为什么他们不是集体户口，到了年纪就有人自动带他们去办理身份证？

生而为人就注定连上天赋予的苦难都分三六九等吗？

“你不是说，”良久，姜瑶偏过头看着林骆，笑眯眯地道，“江临和饶水中间通了高铁，坐车只要半个小时吗？”

林骆没说话，眼睛一眨不眨地看着姜瑶。

“我想去饶水看看，我的家人是不是真的在那里，我不想上大学，现在的愿望也只有找到他们，”顿了顿，姜瑶又道，“我想问问他们，为什么这么多年了，他们都不来找我。”

半路无语。

下了公交车已经快五点了。

城郊这边离市中心远，位置也不好，公交车半个小时才来一趟，站牌也在距离福利院很远的地方，九点最后一班车准时开走。

来往的车辆都是货车，或是来福利院的私家车，一般过了九点，连出租车都很少遇到。

位置偏，也不太安全。

福利院旁边的马路正在施工，林骆和姜瑶踩在刚刚用石子儿铺好的路面上，脚底硌硌地，一不小心还容易崴了脚。

“办好身份证，就从福利院搬出来吧。”林骆说。

姜瑶点点头，“之前院长就找我聊过这个，我毕竟十八岁了，院里宿舍也比较紧张。”

两个人有一搭没一搭地走着聊天儿，远远地看到福利院门口停着的高档车，姜瑶笑了笑，说。

“也不知道哪个小孩儿那么幸运，能被人领养。”

被陌生人领养，就是一种幸运吗？

林骆偏过头看了姜瑶一眼，想了想，没说话。

一直走到福利院门口，站在车前的两个人都在饱含深意地打量他们。

姜瑶摸了摸鼻子，无视旁边的一男一女，朝林骆挥了挥手。

“我进去了，你路上小心点儿。”

林骆点点头，转身要走的时候，听到身边比他矮半个头的男人不确定地喊了一声。

“姜瑶？”

“……”

姜瑶愣了愣，转身看身后的男人。

“是叫我吗？”

如果刚开始喊名字是不确定的试探之后，那现在女孩儿的反应就一切清明了，靳郁杭看了看面前只比自己矮半个头的姜瑶，又看了看旁边比自己高半个头的林骆，心里的怒火“唰”地一下起来了。

周连年这个禽兽怎么会有这么大个儿的女儿？！

分明就是小情人！

他居然在福利院藏了个这么高的小情人儿！

周连年才多高，也就比自己高那么一点点，居然找个那么高的……

靳郁杭想到了自己的身高不禁悲从中来，他们家这么有钱，从小就给他吃维生素喝高钙奶，为什么他还这么矮？！为什么今天他出门没穿增高鞋垫？！

“你认识我？！”

看着对面的男人变幻莫测地一张脸，姜瑶往前走了半步，又问。

她的声音有些急，有些虚，脑袋里是天旋地转的，快要溢出来的“说不定”。

说不定……

说不定，是有人来找她了……

说不定，是她早就遗忘的那些家人中的一员……

林骆走到姜瑶身边，看到她情绪激动，不禁拍了拍她的肩膀。

他知道她在想什么。

这多年她思念亲人的迫切和对亲情的渴望，使得她草木皆兵，突然闯进一个陌生人喊她的名字，她就觉得血液沸腾，紧张激动得要命。

小吴轻咳了一声，看着自家靳总不争气的模样气得直想翻白眼，忙走到靳郁杭旁边，笑了笑，说。

“你就是姜瑶吧，我是周总的助理，是这样，”小吴清了清嗓子，“周总今天很忙，抽不出时间，特意让我给你办了张手机卡给你送过来。”

还是……

不行啊。

那些夜深人静真诚而恳切地许下的心愿，归根结底，还是没能实现啊。

姜瑶垂下眼，眸子暗了暗。

林骆看了姜瑶一眼，又问，“您说的‘周总’是……”

小吴得体地笑了，无比笃定地道。

“姜小姐认识的，手机卡我放到院长那里了，没什么事儿的话，我们就先走了，”说完偏过头看了靳郁杭一眼，扯了扯嘴角，“靳总，要不……”

“你多大了？”

靳郁杭打断小吴的话，抿着嘴，揣着口袋，往前走了一步。

林骆将姜瑶挡在身后，警惕性地看着靳郁杭。

“有事吗？”

“你跟周连年是什么关系？”

“靳总，”小吴在旁边拽了拽靳郁杭的胳膊，咬着牙，小声道，“别给周总添乱……”

林骆高二时蹿了个儿，身高从一六五直接蹿到了一八五，挡在瘦削的姜瑶面前，靳郁杭连根头发丝都看不到。

长得高了不起吗？！

靳郁杭后退了两步，抿着嘴格外不爽地看着小吴，又指了指面前林骆的脸。

“我不喜欢这个小朋友，请你让他立刻给我死掉！”

小吴：……

姜瑶：……

林骆：“有病吧。”

靳郁杭气得跳脚，一生气就爱瞪着一双桃花眼骂人。

“他骂我！”靳郁杭扯着小吴的胳膊，“这个小朋友骂我……”

小吴拖着靳郁杭上车，发动车子要离开的时候，靳郁杭还不忘按下玻璃窗朝林骆嚷嚷。

“你骂我，我吃亏，你就是只小乌龟！”

林骆、姜瑶：……

Did you pick up
my heart

chapter 10

当晚十点。

姜瑶坐在书桌前，面前放着手机卡和周连年买给她的新手机。

还不清了。她想。

白天的时候特意跟林骆打听了这款手机的价格，听到那人说七千的时候姜瑶的心凉了半截。

笔记本摊开，上面记着她用掉的周连年的每一笔钱，甚至每年生日他送来的礼物，她都折合人民币小心的记着，就是希望有朝一日，自己可以一笔笔将这些账单划清。

可现在……

姜瑶想起当日她硬要塞给周连年的那两千块钱，羞愧地难以自容。

为什么要买这么贵的手机啊，最后还不是她自己还？

于是无奈，只得愤愤地，一笔一画地在笔记本上记。

手机七千元。

莫名其妙地又多了一笔七千块钱的债务，姜瑶郁闷得睡不着觉，又看了看眼前的电话卡和手机。

用。

为什么不用？

最后她总归是要还周连年钱的。

一想到这里，女孩儿整个人立刻就清明了，换好手机卡后，爱不释手地摩挲着。

有钱真好啊。

可是，要不要给周连年发个短信呢。

说句“谢谢”，顺便告诉他，今天来了一个爹毛孔雀很烦人？

还是说自己办好了身份证，还办的加急的，就等着七天之后过去拿？

可是现在都十点了，会不会太晚了，他万一休息了呢？

…………

还是算了。

明天再说吧，姜瑶想。

于是这一过，就是七天。

姜瑶白天的时候就出去找工作看房子，工作不太好找，她只有高中学历，虽然个子高，但是身板儿实在是太单薄了，对比起来，显得力气又不足。

她顺着商业街，看的大都是超市和便利店外面贴的导购员招聘，收银她也能做，只是到底还不太熟练，又不敢真的拍着胸脯说自己一定能做好。

有几家商场的专卖店经理看她样子好看，试着跟她聊了几句，姜瑶在外面特会来事儿，“哥啊姐的”叫得别提多顺溜，几句话聊得专卖店经理眉开眼笑的要她留下，可一走流程的时候，人家一看姜瑶还没身份证，立刻就有些为难。

姜瑶不会说假话，林骆也教过她，可姜瑶一根筋，“身份证丢了正在补办”这种话无论如何也开不了口，索性这次是真的“正在办理”，真真假假的，负责人事的估摸着也是见多了形形色色的人，就喊她等办好了再过来，姜瑶只得点点头走了。

听福利院的志愿者说街边那些餐馆招服务员，大多是不走正规流程的，不要身份证不签合同的，干一天算一天，可姜瑶总觉得餐馆里乌烟瘴气的，她不大爱闻食物混杂在一起的味道，林骆常说她没有“烟火气”，极大可能是因为她确实没有格外喜欢吃的食物。

凡是能果腹的东西，她都能吃，只是都不喜欢。

姜瑶朝对面的网吧看了一眼，叹了口气。

去酒吧、网吧这样的地方当服务员，也不是不可以，只是被发现应该会被林所长一家打得半死吧。

七天了，姜瑶还是没鼓起勇气给周连年发个感谢短信，那人也没有来联系她，如果不是她确凿拥有了一部新手机，她甚至怀疑前几天同周连年的交集只是一场梦。

跟林骆约好了下午三点在派出所门口见面，坐上公交车的时候，姜瑶终于开始忐忑起来，关注的居然也是“照片会不会不好看”这种问题。

一路路况良好，畅通无阻，到了派出所的时候只有两点半，林骆还没到，姜瑶便嘱咐他不着急，自己在派出所门口踱了两圈步，终于按捺不住，给林所长去了个电话就进去了。

院子里停了几辆车，姜瑶扫了一眼，没太在意。

还是小江最先出来接待她，看到姜瑶一个人，拔着脖子往后看了看，问姜瑶。

“所长家的那小孩儿没来？”

姜瑶点点头，见小江有些失望，又道，“在路上呢，过来还得二十分钟左右。”

小江立刻眉开眼笑起来，忙说，“这不是所长特意交代我了嘛，一定要照顾好你们，走吧，我带你去拿身份证。”

姜瑶便说“好”，像是突然想到什么，转身看了看院子里的那几辆车，看到那台熟悉的凌志，愣了愣。

“那辆车？”

“哪个？”小江推了推眼镜，“一起的吧，中午出了点儿事故，那雷克萨斯把一大爷撞了，非说人大爷碰瓷儿，这不刚把监控调来，估计正对着……哎你你等我，身份证不在那办公室里面……”

有时候想想，缘分不就是那么玄妙呢？

姜瑶推开门的时候，周连年正跟林所长对着电脑看监控，门口旁边坐着一个六十岁左右的老大爷，一直嚷嚷着要走，被一个年轻的民警按着，站在办公桌旁边的，是前些天站在福利院门口朝他们耀武扬威的花孔雀靳郁杭。

靳郁杭掐着腰，约莫是气得够呛，一直走来走去的嚷嚷。

“不是我说，你那破监控能不能快进啊，这老头儿都嚷嚷着要走了，情况不已经很明显了吗，我车还没开呢，刚打着，动都没动，这老头儿啪就躺我车前面了，你说他亏心不亏心……哎，小饼干，”靳郁杭一抬头，约莫是看到了站在门口的姜瑶，愣了愣，又突然扯着嗓子嚷嚷，“你怎么来这儿了，你怎么这么阴魂不散啊？！”

周连年这才转过头，看到了站在门口的姜瑶。

他这儿大忙得不可开交，每天从公司回到家都半夜了，也没抽出时间带她去办身份证，没想到再见面居然是在这个场合。

其实，现在想想，这孩子也没主动联系他啊，明明还叫小吴给她送去了手机卡。

“我、”姜瑶顿了顿，眼见着周连年没事儿，放了心，又看向林所长，说，“林叔，我来拿身份证。”

小江推门进来，听到姜瑶的话忙说，“我去给你取吧，你在这儿待会儿。”

姜瑶依言点了点头，周连年却很意外，问她。

“你办身份证了？”

“嗯，”姜瑶点了点头，想了想又挺自豪，扬着脸看着周连年，“我办的加急的。”

“了不起啊，”靳郁杭气呼呼地冲过来，“我像你这么大的时候，连结婚证都快有了，”又朝周连年嚷嚷，“这小饼干一过来，你是不是连监控都不看了？！”

林所长知道周连年和姜瑶的关系，一面看监控一面招呼姜瑶，说。

“瑶瑶你先坐会儿，小江一会儿就给你拿来了。”

姜瑶便依言坐下，只是眼睛一直盯着周连年因为看电脑而略弯的背影，觉得很神奇。

不是吗？

本来就应该是活在自己世界之外的，值得自己去仰望的人，居然能被自己再一再二的遇见，如果不是神奇的事，会是天意吗？

会吗？

靳郁杭别扭地挪到姜瑶面前，揣着口袋也坐在她身边，一脸别扭用肩膀撞了撞她。

“小饼干，你都吃什么怎么长这么高？”

姜瑶冷着脸看了他一眼，强调，“我叫姜瑶。”

“哎哎哎，你这小孩儿，”靳郁杭嚷嚷着，站起来指着姜瑶的脑门儿喊周连年，“周连年你看她，怎么跟大人说话呢。”

“……”

“我都说了我有事儿要走了！”

坐在门口旁边的老大爷突然挣开了民警的手，急匆匆地推开门往外走，小民警刚要去拦，林所长喊了一声。

“别拦了，让他走吧。”

靳郁杭又炸了。

“凭啥啊，监控找到了吗，凭啥让他走啊，他碰瓷儿碰的这么明显，你们是不是仗着我年纪小欺负我！”

如果是跟周连年关系好的话，应该也三十左右了吧，姜瑶暗暗地叹了口气。

“没有监控，”周连年眼看着老大爷走远了，才朝靳郁杭皱了皱眉，“你停车那块儿监控坏了，刚刚调的是别的区域的，不然你以为我们为什么半天没找出来？”

“那能怪我啊？我也是受害者啊……”

小江拿着姜瑶的身份证进来，朝她抬了抬手，“拿来了。”

姜瑶忙站起来，小跑着几步迎上来，搓了搓手，小心翼翼地接过来，注意到办公室的人眼睛都一眨不眨地盯着她，有些不好意思。

身份证是特意被装在白色信封里的，姜瑶没敢动，眼睛扫了一圈，对上周连年饱含笑意的眼睛，愣了愣。

下一秒，她已经挪到那人面前，下意识地问他。

“你要先看一眼吗？”

周连年的笑意更深，摇了摇头。

“你先看，你看完我再看。”

姜瑶便说好，说罢一脸神圣地将身份证从信封里拿出来。

卡片新的晃眼，映着窗外的太阳似乎能反光似的，最外面还有层薄薄的膜，姜瑶想揭下来，想了想又没动，身份证上的照片用的是自己选的，如今再看，笑容好像也没有那么开，只是眼睛亮堂的很，这么看，居然也像是一个大人了。

“你看，”姜瑶把卡片举到周连年面前，“是新的！表面还有一层膜！”

周连年便点点头，接过卡片后，伸出手摸了摸姜瑶的头顶。

“恭喜你啊。”

靳郁杭凑过去，看了一眼又瓮声瓮气地嘟囔。

“我的身份证照片好看多了……”

姜瑶没理，周连年看完了又递给林所长，林康来笑着接过去，宠溺地拍了拍姜瑶的肩膀。

说，“瑶瑶真是越来越好看了。”

恰巧赶上林骆推门进来，姜瑶从林康来手里接过身份证，兴奋地跑到林骆面前。

“林骆，看，我的身份证！”

林骆也笑了，真诚而热烈。

姜瑶微微愣了愣，环视了一周，只有那只奓毛的孔雀没有笑，抿着嘴一脸的不开心。

是出于本能吗？因为接触到一件新鲜事物而开心？

还是因为大家对她的喜欢，而发自真心地为她高兴呢？

姜瑶不知道。

姜瑶拿了身份证要走，林骆刚要跟上，周连年自然而然地道。

“我送你回去吧。”

“那行，”林康来自然而然地接上，“你对路线也熟，正好我要下班了，林骆你跟我一起回家。”

完全。

没有拒绝的理由。

姜瑶发呆的时候，周连年已经走过去揽过她的肩膀，“走吧，发什么呆啊。”

“哎你什么意思啊周连年！”

靳郁杭跺了跺脚，忙追出去了。

林骆觉得心里发堵，转过头问林康来。

“爸，那个人是怎么回事？他怎么会认识姜瑶？”

“哦，周连年吗？”林所长在收拾东西，听到林骆的话头也不抬，“算是瑶瑶的资助人吧，从瑶瑶进福利院开始，每年都会为她捐钱。”

“……他怎么这么好心？！”

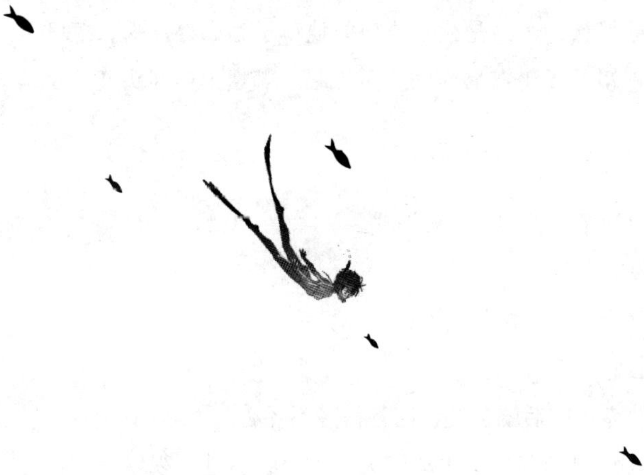

Did you pick up
my heart

chapter 11

“你怎么这么好心？！”

从派出所里开车出来后，靳郁杭一直坐在副驾驶上絮絮叨叨，丝毫不在意回避此刻坐在后座的当事人姜瑶。

他从办公室出来后，果然看到姜瑶上了周连年的车，立刻气不打一处来，自己的车子也不要了，噌噌噌地几步走过去，打开周连年的车门坐在了副驾驶座上。

周连年没觉得意外，只是挑了挑眉问他车子怎么办，那人气呼呼地，透过后视镜看了坐在后座的姜瑶一眼，嘟囔了句回头儿让小吴来开。

“什么？”

周连年随口问了句，似乎是没听清。

“什么都没有。”

靳郁杭抱着胳膊，一赌气就不说话了。

“他夸你心好。”

姜瑶盯着周连年的后脑勺儿，回答得漫不经心。

许是两个人没想到姜瑶会主动聊天儿，纷纷透过后视镜看了看她，靳郁杭还瞥过头来狠狠地瞪了她一眼。

真是块不讨人喜欢的小饼干！

“拿了身份证第一件事想做什么？”周连年问她。

“先找工作，现在连导购员的工作入职都要身份证了。”

“你之前不是说有工作吗？”等红灯的时候，周连年回过头来，诧异地问她。

“哦，”姜瑶笑了笑，垂下头，有些伤感，“老板娘的表妹要来实习，就把我替了。”

靳郁杭蹙着眉恍然地点点头，果然是不被人喜欢的。

九十秒的红灯从头数到尾，居然也格外漫长起来，周连年的食指轻轻地敲着方向盘，看一眼姜瑶，又看一眼靳郁杭。

“那你对将来有什么打算吗？”

“将来？”姜瑶顿了顿，扑哧一声笑了，眼底里带了些淡淡的嘲讽，“就，吃住不愁吧。”

“‘穿’不考虑吗？”靳郁杭插嘴，“你一个女孩子，现在更重要的不是穿衣和打扮吗？”

姜瑶沉下脸，白了他一眼。

“你看她，”靳郁杭朝周连年嚷嚷，“再这么惹我我真要生气了。”

周连年打了下方向盘，觉得有些闹心，良久，扫了一旁的靳郁杭一眼，问他。

“靳总，你说……”

“休想！周连年我告诉你，你别想让她做我的助理，我不喜欢这个小朋友！”

“我还什么都没说……”

“你快闭嘴吧，你一喊我‘靳总’我就知道你想什么！”

周连年勾了勾嘴角，“我就当你答应了，不过给你做助理确实是个不错的提议，”说罢看了看姜瑶，笑，“可以锻炼毅力和忍耐力。”

姜瑶没听懂。

瞪着眼睛努力地找两个人的后脑勺儿。

这是怎么个意思？

要她去给那个花孔雀当助理？

她都没有点头周连年就又擅做主张地定了？

“那个，不好意思，”姜瑶摘了头上的棒球帽，对上后视镜里周连年的眼睛，“我不愿意去……”

“什么？！你不愿意？！”靳郁杭又炸了，“你还不愿意？！你知道我是谁吗你就不愿意？！”

“工作是双向选择，”姜瑶双手交叠在腿上，面上的表情是一贯的冷静，多少也，稍微带了些冷漠，“不愿意就是不愿意。”

“周连年你看她！”

“也不是一直让你做他的助理，”周连年咳了一声，“你至少对以后的生活有些规划，你不能一辈子都做导购，而且，在拒绝之前，我希望你能全面地了解你的工作和薪资再说。”

姜瑶愣了愣，下意识地脱口而出。

“所以薪资是……”

周连年耸了耸肩帮，“靳总，您说了算。”

靳郁杭这才多少寻回了一些自尊，扯了扯领口，问姜瑶。

“你之前的工作一个月给你多少钱？”

“在便利店的时候，每个月是一千五百块。”

靳郁杭一边玩儿手机一边听姜瑶说话，没留神被自己的口水呛住了，咳嗽了好半天，才慢吞吞地转过头。

“我给你三千。”

猝不及防啊，姜瑶猛地抬起头。

靳郁杭接收到姜瑶震惊的神情，得意扬扬地摸了摸自己的耳垂。

“所以说你刚刚都一本正经地拒绝了什么。”

姜瑶身板儿坐得更直了，只是头一直低着，双手狠狠地抓着膝盖，整个人都陷入了深深地自我挣扎里。

做人要有骨气啊姜瑶。

可是一个高中生居然能一开始就拿三千块不是很了不起的事吗？

廉者不受嗟来之食啊！

三千块呢！

壮士不为五斗米折腰！

三千块啊！

要留清白在人间啊！

三——

千——

块！

姜瑶故作镇定地抬起头来，眼睛盯着花孔雀的后脑勺儿，一时间好像也没有那么讨厌了。

钱果然是万能的，她想。

“既然你们诚挚邀请的话，那我就勉为其难地答应了吧。”

“什么嘛，”靳郁杭撇撇嘴，又嘟囔，“明明刚刚还一脸不愿意来着……不过也是，我帅气有钱，谁不想跟着我。”

周连年先把自恋的孔雀先生送到公司，靳郁杭解了安全带下车，刚带上车门，发现车上其他两人并没有下车的意思，忙一脸警惕地敲了敲车窗。

回答他的，是周连年发动车子，呼啸而过的样子。

“混蛋——”

周连年看了一眼后视镜中靳郁杭的嘴型，无声地笑了笑，这才说道。

“刚刚听你说找房子，自己有找到合适的了吗？”

“嗝——”

姜瑶也不知道怎么，车里就剩下她和周连年的时候，她就开始紧张，一紧张就开始打嗝儿，周连年的话题刚抛出来，她就打了个长长的嗝，一出声就有些不好意思，忙低头用手捂住了嘴，即便是这样，还是细心地从后视镜捕捉到了周连年促狭的笑。

于是姜瑶打嗝儿的频率更快了。

丢人啊。

这么想着，驾驶位上的周连年突然凉凉地抛出一句。

“再打嗝儿就把你扔出去。”

待姜瑶努力听清周连年的话之后，一时间睁大了双眼，愣住了。

就、就打个嗝而已？！

姜瑶觉得自己的额头迅速落了一层汗，忙伸手去擦，可额上却干干的，半滴汗都没有，心里想着“难道他讨厌打嗝儿的人吗”，一抬头，男人握着方向盘已经低低地笑出了声。

“看吧，不打嗝儿了。”

“哎？”

“听说人打嗝儿停不下来，只要吓一吓就好了，果然是真的。”

姜瑶没说话，等了好一阵儿才确凿肯定了周连年说的事实，这才后知后觉地想起，原来他吓她是要帮自己。

可是真的没有稍微温和的方式吗？

这么想着，车子开进了名为中豪丽景的小区，姜瑶扫了一眼，忙问。

“不是送我回福利院吗？”

“你不是说要找房子？”

“我自己找没关系，”姜瑶有些着急地说道，“再说这里的房租一定不便宜，我找个便宜的单间就好了。”

车子迅速地停在一所公寓门前。

房子在十八楼，一梯两户，等电梯的时候，周连年跟姜瑶解释道。

“我有个朋友常年在国外，就拜托我照看了下他的房子，你正好要租房，我觉得这个挺不错。”

“……”

不错是不错，她要租得起才怪了。

姜瑶腹诽道。

跟着周连年出了电梯，打开公寓的门后姜瑶再次确定了自己的想法。

公寓是三室一厅，两间卧室一个书房，周连年进了玄关顺手在鞋柜拿了双拖鞋换上，弯腰的时候似乎想到什么，忙又站直，把拖鞋放回鞋柜里，又道。

“我之前偶尔会过来住两天帮他看房子，你如果住进来的话，我也省去了很大的麻烦。”

姜瑶狐疑地点了点头，站在客厅中间的时候，又有些局促。

房子采光良好，福利院一向潮湿阴冷的宿舍同这所公寓根本就没有可比性，姜瑶做梦都想拥有一所属于自己的大房子，可真的有一所豪华的大房子摆在她面前的时候，姜瑶又有些畏首畏尾。

“这么大的房子，租金一定很贵吧……”

不知道为什么，每次当着周连年说出有关于钱的事情来，她总是觉得很羞耻，她才十八岁，哪怕不是孤儿，没有钱，不也是正常的吗？

不不，不一样的，如果不是孤儿的话，她也不会沦落到自己出来找房子的地步，他们都是有家的。

“按理说是不收房租的，毕竟你也算是帮朋友看房子，”周连年笑了笑，“那就一个月五百吧，包水电网和物业，你觉得能接受吗？”

“只要五百块？！”

姜瑶下意识地脱口而出。

她前几天找房子，市中心的位置一个小小的单间就一千块，更别提像这样三室一厅的公寓了。

“那我就当你答应了，”周连年笑了笑，“这里离公司近，坐公交和地铁都很方便。”

“这房子……确定是你朋友的吗？”

“不然呢，我自己的吗，”周连年走过去揉了揉姜瑶的发顶，“要是我的房子，给你住的话就不收钱了。”

“可是……”

“好了，这里有我的东西，主卧是我常住的，你可以住次卧，房子也经常打扫，你可以拎包入住。”

“冰箱里有吃的吗，我饿了。”姜瑶下意识地看了眼厨房。

“有啊，我昨天刚刚……”周连年顿了顿，硬着头皮说，“昨天在这里住了一晚，所以就买了些东西放冰箱……”

太明显了，不是吗？

看着面前猫一般聪明的女孩儿，周连年突然就有些懊恼。

早知道提前就都把东西收走了。

“好吧，我承认，”这场不见硝烟却又剑拔弩张的战役，周连年最终率先举手投降，“这房子确实是我的。”

他希望能给眼前的女孩儿提供他所拥有的所有便利，但是如果她不接受，他自然也会遵循她的决定。

“那我就住次卧，一个月给你五百块，行吗？”

周连年笑了。

这笑里重又带着对任何决断都势在必得的自信，和女孩儿面对自身处境所渗透出的聪明的小心思。

所以大方地接受别人的好意或许真的没有那么难，不是吗？

可是，如果那好意不是来自周连年的话，她会接受吗？

“工作的事，我一个月两千块钱也没有关系的，毕竟……”

“之前给你送手机卡的小吴也是我助理，”周连年打断姜瑶的话，“她的薪资比你要高好几倍，而且靳郁杭确实做事粗心，需要一个助理，给你的薪资，算是挺低的了，不用不好意思。”

“哦。”

“你去了先在靳郁杭身边待一阵子，熟悉了工作环境看你擅长哪方面我再帮你调配。”

周连年说完，看姜瑶站在原地发呆，不知道在想什么，下一秒，那人忽然回过神儿来，笔直地站好，伸出右手“唰”地朝他敬了个标准的军礼。

随后讲话一字一顿，铿锵有力。

“我会努力的！”

周连年瞧着好笑，伸出食指敲了敲她的脑门儿。

“当这儿军训呢。”

姜瑶没反驳，嘿嘿地笑了两声，傻乎乎地。

周连年接了个电话。

小吴说悦历的女 CEO 又来了，嚷嚷着一定要见到他，否则就让他们公司做不下去，靳郁杭把自己锁在办公室里怎么都不肯出来，小吴没办法，才给周连年打来了电话。

挂了电话，周连年又看了看姜瑶，他原本是想直接送姜瑶去福利院拿东西，可公司那边又耽搁不得。

姜瑶朝他摆摆手，“你有事先走吧，我一会儿自己去福利院拿东西，太晚的话我就明天再过来。”

周连年揉了揉眉心。

“你先跟我去公司吧，刚好熟悉下环境。”

一直到公司所在的写字楼，周连年的眉头都没有舒展开来。

倒不是因为那个色情的女 CEO，周连年不动声色地叹了口气，又悄悄地瞥一眼走在自己身边的姜瑶。

他今年才二十九岁。

这种浓浓地对孩子的担心可怎么办啊。

父爱泛滥的可真不是时候。

姜瑶没注意周连年的情绪变化，一进写字楼打听，净顾着感叹了。

写字楼恢宏大气，宽敞明亮，大厅里光休息区就有好几处，旋转门口那俩巨大的花瓶，可别是古董吧。

姜瑶下意识地又回头看了两眼。

周连年带她去服务台登记，一边走一边解释，说。

“这里进出都是刷卡的，我们公司在26楼，你还没有办出入证，外来人员需要用身份证在服务台登记领取条形码。”

这么洋气。

姜瑶摸摸兜里的身份证，还好自己一直带在身上，不然连这写字楼都进不去。

登记信息的是个年轻的小伙子，跟姜瑶面对面站着，两个人看着差不多的年纪，姜瑶小心地把身份证递过去，看到那人快速地刷了下身份证，打出了一张条形码，又递给她。

“这么快啊，”姜瑶感叹，末了又扬了扬手里的身份证，跟登记身份信息的小伙子得意地道，“我新办的身份证。”

这有什么好得意的。

周连年笑了笑，教她怎么扫条形码，看着孩子来来回回进出了两三次，周连年终于露出了老父亲般的猪叫，哦不，微笑。

“走吧，”电梯到了，周连年喊了姜瑶过来，又嘱咐她，“条形码别丢了，出来的时候还要用。”

姜瑶便说好，一脸神圣地揣进口袋里，末了，还用手轻轻地拍了拍，然后感叹了句。

“你们这里可真高级。”

一向无甚悲喜的周连年因着这句赞扬，居然难得的小小地得意了下，再次露出了老父亲般慈祥的微笑。

于是某乎上提问“被自己的孩子夸奖甚至崇拜是一种什么感受”，一位名为“不愿透露姓名的老父亲”的某乎 er 怒达三百字，中心思想只有三个字。

得意。

爽。

天哪，这种如沐春风的感觉是怎么回事？

出了电梯，小吴已经等在公司大厅了，看到周连年和姜瑶同时进来，愣了愣，没说话。

“孙总呢？”

“哦哦，”小吴这才回过神儿来，忙说，“来了半个小时了，现在在会议室等着呢，一会儿说见靳总，一会儿又要见您，可靳总死活不出来……”

“我知道了，”周连年打断她，又道，“你带姜瑶去靳总，就说我过来了，让他赶紧出来。”

“嗯嗯好！”果然是他们公司的顶梁柱，小吴激动地热泪盈眶，忙把姜瑶拉过来，说了句，“姜小姐，您跟我来。”

姜瑶不好意思，小声说，“叫我姜瑶就行，”看着小吴的黑色职业套装和黑色尖头高跟鞋，姜瑶感叹地说了句，“你的衣服真好看。”

“啊哈哈，这是我新买的哈哈哈，别人都没看出来……”末了，瞧见姜瑶真诚的脸，小吴又格外不好意思，红着脸换了话题，“这边是靳总的办公室……”

这突如其来的娇羞感是怎么回事，小吴满心的费解，只是心里还是不可否认的开心，被人夸奖的感觉，简直能上天啊。

小吴高兴得心花怒放，连带着敲靳郁杭的办公室门都温柔了许多。

咚咚。

“靳总，周总过来了，已经没事儿了，您把门打开吧。”

躲在办公桌下面的靳郁杭终于松了一口气。

摸着良心说，他是顶不乐意躲在办公室里当缩头乌龟的，可悦历那个姓孙的大妈委实难缠，他刚刚让周连年没了一个亿的投资，加上靳氏之前说好的五千万迟迟没有落停，他怕自己一冲动，周连年苦苦经营的公司就让他玩儿没了，这才不得已躲了起来，还好周连年来得及时。

他中午就没吃饭，这会儿都要到吃晚饭的点儿了，自己确实有些饿了。

“周连年来的也太慢……”

靳郁杭懒懒散散地开了门，下一秒，眼睛直直地对上了站在门口的姜瑶，嘭的一声又重新把门关上，隔着一道门缝朝小吴嚷嚷。

“小吴你是不是不想干了？！刚解决一个又来一个，你到底想干什么啊？”

小吴看了姜瑶一眼，那人摸了摸鼻子，一脸莫名，表示不关自己的事。

算了，谁叫人孩子刚刚夸自己了，小吴硬着头皮又敲了敲门。

“靳总，是周总让我带姜小姐过来找您的，您要是不同意……”

“我不同意！不同意！”办公室里传来靳郁杭杀猪般的号叫，“你把她给我退回去！”

“……”

“呦，这靳总不是在呢嘛，这中气十足的喊声，不像是生病住院的样子啊？”

清脆的高跟鞋踩在地板上发出的踢踏声，伴着女人嘹亮的嗓音一齐发出来，姜瑶这才转身，看到周连年和一个气质别致的女人一起走过来。

说也奇怪，姜瑶从进了公司看到地面铺满了地毯还感叹了好一阵，后来踩在上面没声音，姜瑶才明白大抵是降低噪音用的，可偏偏到了靳郁杭的办公室区域，地毯就没了，两只脚乍一踩到光洁的地板上，发出的声响一下子显得尤为刺耳。

女人约莫四十岁左右的样子，穿着黑色V领收腰的黑色法兰绒长裙，胳膊和腰际丝毫看不出一丝赘肉，手上挎着的名牌包包一看就价值不菲，被精心烫过的头发一丝不苟的绾起来，两鬓有两缕微卷的发垂到脸颊，显得慵懒又性感。

再说那张风情万种的脸，女人的眉目带情，稍微带了些鱼尾纹的眼角是往上走的，鼻唇两际有明显的法令纹，饱满的嘴唇因为正红色的口红的涂抹显得别有味道。

姜瑶最后得出结论，女人保养得当，一看就是特别有钱的那种。

和周连年肩并肩走在一起，倒是生出一种别扭的美感来。

周连年原就生得五官立体，眉目深邃，脸部线条又比较硬朗，因为经常锻炼的关系，肩宽瘦臀，加上一八几的身高，整个人的气质就被撑起来了，显得气场尤为强烈，偏偏身边的女人气场也不弱，两个人并肩走来的样子，还挺像共赴战场的母子。

母子？

想到这个词，姜瑶又有些困惑，她好像从来没听周连年提起过他的父母。

“孙总。”小吴硬着头皮喊了女人一声。

孙悦“嗯”了一声，看看姜瑶，又笑了笑。

“我说靳总怎么千请万请都不出来，原来是门口有漂亮姑娘等着啊，”说罢又盯着姜瑶看了看，“我就说嘛，靳总怎么总躲着我呢，原来是喜欢这种年轻又长相寡淡的小姑娘，也是当真无趣得很，小姑娘，还在上学吧，手段挺多的嘛。”

周连年刚想说什么，姜瑶已经先他一步，一板一眼地回答起孙悦的问题来。

“我已经工作了，也没有什么学历和本事，就想跟着公司领导多学点东西，”末了，又是一脸认真地看着孙悦的脸，说，“姐姐，你长得真好看。”

别说小吴愣住了，就是见惯了大风大浪的孙悦和周连年都呆呆的，不知道说什么好，怪就怪姜瑶太真诚了，无论是声音和表情，都让人不容置疑，认定她的每一句话都是自己的心声。

事实上，姜瑶也是打心底里觉得孙悦是好看的。

“哦？”孙悦回过神儿来，眯了眯眼，又把垂下来的一缕头发别在耳后，“我好看？”

姜瑶眼睛一下子亮了。

“就、就、就您刚才那个动作，撩头发，简直风情万种，”姜瑶想学，手刚伸出来，又有些不好意思，缩回去，一脸羡慕地看着孙悦，“您衣服选的好，款式好看，衬得皮肤白的能发光一样。姐姐，你这项链挺贵的吧，可是跟您的脸比起来，反而就显得暗淡了，您皮肤可真好啊，看着就跟二十岁没什么两样……”

孙悦被夸得喜上眉梢，看着姜瑶的脸，又格外想逗逗她。

“可是怎么办，我这么好看至今也是单身……”

姜瑶一本正经，“莎士比亚说过，太优秀的女人总是单身的……”

“这小孩儿我喜欢，”孙悦觉得找到了知己，两步走过去，伸出手捏了捏姜瑶的脸颊，瞬间就忘了自己刚刚才说了姜瑶长得寡淡，“嘴甜，长得又好看，嗯，身材又好，”说罢，转身看着周连年，“多少钱，我要了。”

办公室门砰地被人从里面打开，靳郁杭栗色的卷毛不知道被自己怎么摧残过，杂乱的样子像个鸡窝，偏偏那人眼神冰冷，周身气压被压得格外低，瞪了姜瑶一眼，吓得她赶紧躲到了小吴身后，靳郁杭又看着孙悦，嘴巴一张一合，缓慢且没有温度。

“我的人，你也敢动吗？！”

Did you pick up my heart

chapter 12

“阿杭，怎么跟孙总说话呢，”周连年朝靳郁杭皱了皱眉头，那人身上的戾气迅速散了许多，“孙总只是喜欢姜瑶，多夸了她几句，你自己的助理，谁又能带走呢？”

孙悦自然是不敢带走靳郁杭的人，他若只是连华科技的副总也就罢了，可他背后毕竟是那个弯一弯小指头就能动摇国内经济走向的靳氏，孙悦只是没想到一向吊儿郎当的靳郁杭，今天不知道抽了什么风，居然这么维护一个小姑娘，脸上的狠劲儿这么明显，若不是周连年在场，难道他还要打她不成。

可是靳氏的人，哪个没有一股子狠劲儿呢。

她之前带着合同来连华签约，靳郁杭轻浮的不得了，气得她摔了合同走了，可没想到这人真就是表面功夫，孙悦越想越气，一大把年纪被个半个小伙子调戏了，干脆就跑来找靳郁杭的碴儿。

没想到自己会被噎住。

索性周连年给了她足够的台阶，表面上斥责了靳郁杭，实际又提醒了眼前这嘴甜的小姑娘是他的人，孙悦也就借坡下驴。

只是天地良心，她真的只是随口一说，一个看起来还未成年的小姑娘，再嘴甜能中什么用呢。

“哎哟靳总，瞧您说的，我哪能要你的人呢，我这不天天见不到您，不是想得紧吗？”

“孙总您客气了，”靳郁杭顿了顿，看了周连年一眼，小眼神委屈的不得了，“我是真有病。”

孙悦扑哧一声笑了，赶紧朝靳郁杭挥了挥手。

“那您歇着，别忘了去吃药，我就不打扰了，告辞了。”

孙悦说完，也不等靳郁杭客套，转过身，踩着自己的小羊皮底的高跟鞋一路走得飞快，走到电梯的时候又转身对着跟过来的周连年挥手。

“您留步吧。”

“您慢走。”

眼看着那女人进了电梯，周连年这才低声笑了笑。

能把人吓成这样，靳郁杭也算是个人才了吧。

小吴迎面走过来，周连年看了靳郁杭的办公室一眼，也就不打算过去了，问小吴。

“瑶瑶在靳总办公室？”

瑶瑶？

“哦哦哦对。”

“嗯，”周连年点了点头，“去喊各个事业部的高层开会，最后一遍方案过会，就拿靳氏新收的那块地做文章。”

“好。”

小吴对周连年的崇拜感再一次提高了几个度。

果然是连华的中流砥柱，主心骨啊主心骨。

“你眼睛裹屎了吗？！”靳郁杭气呼呼地，伸出食指戳了戳姜瑶的脑门儿，“你哪只眼睛看出那个老女人好看了？”

姜瑶没想到自己刚刚当上小白领的第一天就被老板骂，想了想周连年，又想了想刚进来时高大上的门禁和每个月的三千块钱，深吸了一口气，忍了。

“可是我真觉得她好看，我觉得你也好看，眼睛大又有神，不像我，眼睛大是大，可是漏光。”

靳郁杭没看出姜瑶的眼睛哪里漏光来，倒是听到她的话自己的闷气好像突然少了一些，当然，也只是一些而已。

自己刚说完她眼睛裹了屎，这人就说他好看，她眼睛裹了屎，看到什么都是屎，这不就是骂他像一坨屎吗？！

姜瑶没有靳郁杭那么多的脑回路，看到面前的人脸色变了又变，又嘟囔。

“你皮肤也好，都三十岁的人了皮肤居然看不到毛孔……”

“你才三十岁，你全家都三十岁！老子二十九！”

又是周岁呗。

男人也会格外在意年龄这件事吗，姜瑶表示格外费解。

“还有，”靳郁杭一件事一件事地数落她，“莎士比亚什么时候说过优秀的女人都单身，你给我去找出处。”

“是真的，”姜瑶认真地点了点头，面上的表情不容置喙，“就在高二历史课本里，他还说过长得好看的男人都优秀。”

“你……”

靳郁杭气乐了，掐着腰想要再说什么，可嘴角一弯，就停不下来了。

偏偏姜瑶得寸进尺，眸子亮亮地，显得整个人更加的真诚无比。

“真的真的，你一笑更好看了。”

“滚——”

天底下，怎么会有这么惹人讨厌的小饼干呢。

靳郁杭活了三十年，头一次遇到让自己感到无能为力的人，这可真不是一件好事。

可是小饼干再讨人厌，现在也毕竟被周连年分给了自己，成了他的所有物，再把甜甜的一面展现给别人可不太好。

“小饼干，你饿吗？”

“我叫姜瑶，”姜瑶严肃了两秒，被靳郁杭这么一问，肚子就毫无预兆地咕噜咕噜地响了起来，姜瑶硬着头皮，“有点儿。”

再叫我小饼干，我就骂你是花孔雀了，姜瑶想。

“那你叫我一声好听的，我带你去吃饭。”

花孔雀！

“江临第一美！”

靳郁杭又笑了，他的笑变化莫测，有开心的，阴冷的，跟在他身边的人常常对他变幻莫测的脾气捉摸不定，可这一次，他确凿是开心的。

开心的时候，他的嘴巴咧开的形状是个心形，露出上排牙整齐的牙齿，偶尔被人察觉了，那笑容中又会偷偷地夹杂着些羞涩。

“就你会说话，”靳郁杭伸出手揪了揪姜瑶的耳朵，满意地看着姜瑶龇牙咧嘴，又道，“走吧，去吃东西。”

经过其中一个会议室的时候，透过玻璃门，姜瑶看到坐在会议桌前一脸严肃开会的周连年，愣了愣，问靳郁杭。

“你不去开会吗？”

“没所谓啦，”靳郁杭自顾自地往前走，又嘟囔，“麻烦的，周连年跟他们讨论不出什么来的。”

姜瑶叹了口气，果然纨绔子弟哪怕身居高位不受规则限制啊。

“走啦，”靳郁杭不耐烦地催她，“我都要饿死了。”

姜瑶迈着长步子走到靳郁杭身边，看到周围同事脖子上挂的工号牌，眼睛一亮。

之前大厅门口的门禁好像就是刷这个进来的。

“靳总，”姜瑶拽了拽靳郁杭的衣角，指着站在身边等电梯的同事，说，“也能给我一个牌吗？”

靳郁杭看着姜瑶一脸羡慕的模样，翻了个白眼。

“不知道，办好入职流程就会给你发吧，你老惦记那个牌儿干吗？”

“刷门禁进来的时候很酷啊。”

真是块儿没见过世面的小饼干。

话虽这么说，靳郁杭还是一边喊着“烦人精”，一边嗒嗒嗒地跑到行政去要工号牌了。

“在这里等我，不许先走。”

离开的时候，靳郁杭还凶巴巴地说了这么一句，把姜瑶身边的女同事吓得够呛。

姜瑶眼睁睁地盯着身边的女同事错过了下去的电梯，想来应该是吓坏了，于是又有些歉意地安慰。

“你别吓坏了啊小姐姐，他就这样，咋咋呼呼地，像只花孔雀，其实人不坏的……”

被姜瑶安慰的小姐姐有点儿惊呆了，夭寿啊，这个小姑娘居然管靳总叫“花孔雀”，这要是被靳总听到还有活路吗，不会连她一起灭口吧……

“那个，我突然想起部门里面还有事儿，你先下去吧……”

女同事说完，抓了抓后脑勺儿急忙跑走了，留姜瑶一个人无语，望天。

靳郁杭果然给她找了一个空的工号牌，正面没有照片姓名和部门职位，但是至少过门禁还是可以刷的，姜瑶喜滋滋地戴在脖子上，照了照电梯里的镜子，又转过身看靳郁杭。

“好看吗？”

靳郁杭又“嘁”了一声，“小家子气。”

两个人在写字楼对面的海底捞吃火锅，姜瑶不明白为什么要大夏天吃火锅，可有钱人都有自己的特殊癖好，她也就没有多问，倒是靳郁杭冷不丁地问了一句。

“你和周连年到底是什么关系？”

火锅汤底蹿出一阵阵热气，隔绝了靳郁杭对姜瑶审视的一张脸，姜瑶直觉可准，在这扑面而来的热气里，最慑人的目光来自对面。

姜瑶这才恍然，约莫火锅的香味和热气能暂时封闭人的警觉性，靳郁杭想知道的，不能从周连年那里得知，自然就把目标对准了姜瑶。

难怪他没有拒绝她做自己的助理，难怪，他会亲自跑到行政部给她要工号牌。

“再生父母。”姜瑶喝了一口酸梅汤，眼前的筷子一动没动。

有服务员在给他们加汤，周围环境嘈杂，以至姜瑶的话传到靳郁杭的耳朵里，就只剩“父母”两个字。

父母什么？

“你多大了？”

“十八。”

一三得三，三三得九，九九八十一。

靳郁杭算来算去，都觉得不对劲，姜瑶刚出生的时候，周连年才十二岁。

十二岁的时候，他还在 cosplay 冰雪女王艾莎，周连年就造人了？

“那你妈去哪儿了？”

靳郁杭突然变得凶巴巴的，哪怕是热气消散了看过去，他眉目间的狠劲儿也还是能看出来。

“丢了，”姜瑶自嘲地一笑，看着靳郁杭，“家人都丢了，我也想知道他们在哪里。”

“可是，”靳郁杭顿了顿，“那为什么周连年……”

“这么多年，一直是他往福利院打钱，以资助我的名义。”

原来是资助人的身份。

姜瑶说的坦然，可是对面的靳郁杭却不这么觉得，他容易代入角色，总是有许多奇奇怪怪的假设，假设他是姜瑶的话……

有那么一瞬间，周连年的表情就变了变，他觉得难过，又有些遗憾。

“所以，你跟周连年没什么关系吧？”

“有了啊，”姜瑶咬了口西瓜，“我通过他走了后门，做了你的助理。”

“这其实也不算啦，其实我还是觉得你挺……”

“但是我会努力，争取早日离开你。”

…………

他反悔了！多少人挤破脑袋都想要做他的助理！

“所以你不会喜欢周连年吧，”靳郁杭眼巴巴地盯着姜瑶，又补充了一句，“他毕竟比你大那么多。”

姜瑶喝口水都被呛着，红着脸朝靳郁杭嚷嚷。

“你瞎说什么啊，我们之间没有那种关系！”

她只是单方面的很单纯的喜欢接近他。

靳郁杭很满意姜瑶的反应，哼了哼，又咧开嘴，笑了。

“最好没有。”

“难不成，”姜瑶盯着靳郁杭的脸，一眨不眨地，“你喜欢他。”

“我谁都喜欢，”靳郁杭笑眯眯地看着姜瑶，末了一字一顿，“就是不喜欢你。”

哼。

谁不是呢。

姜瑶小心翼翼地拍了挂在脖子上的工号牌，给林骆发了微信过去。

自从周连年给他买了智能手机被他知道后，林骆有好几天没搭理她，一直嚷嚷着没把他当朋友，之前他说要送手机，姜瑶死活都不要，明明跟周连年没有见过几面，却一下子就收了这么贵的东西，姜瑶说了好几天好话，直到商量着一起拿身份证的前一天，两个人才和好。结果从派出所出来，她还跟周连年走了，连声“再见”都没说。

姜瑶理解，她觉得林骆生气是有道理的。

说起来，他们从十岁就一直在一起，这么多年的情谊也多少把彼此当成了自己的半个亲人，可是突然有一天，拦路杀出来一个“再生父母”，林骆便是再大度，那半个亲人接受了别人，他也会生气。

“我找到工作了，房子也找好了，马上就能从福利院搬出来了。”

姜瑶发完照片，又补充了几句。

良久，姜瑶才收到林骆的回复，微信页面一直显示着“正在输入”，到最后，姜瑶只收到林骆的“哦。”

什么嘛。

姜瑶嘟囔了一句，刚想把手机揣起来，那人又发过来一句话。

“把你身份证给我拍一下。”

之前不是看过嘛。

姜瑶一面嘟囔，一面又麻利地把照片拍好，给林骆发了过去。

“怎么样，好看吗？”

这一次，林骆彻底不回话了。

姜瑶其实特别想跟林骆说，这么高冷是没有朋友的，可想了想又有些心虚，因为林骆在学校朋友还是不少的，同学中男男女女的，好像都喜欢他，反倒是姜瑶，常常独来独往的，到最后，真正成了朋友的，也就只剩了林骆。

下午同靳郁杭吃完了火锅，回公司后周连年还没忙完，中间嘱咐了小吴送她回福利院收拾东西，姜瑶没等小吴去取车，时间还早，自己坐着公交车回去了。

路上她给周连年发了个信息，没过多久显示已读，一直到姜瑶回到了福利院，顺便收拾了一行李袋自己的东西，那人也没回。

姜瑶的东西不多，大大小小的换洗的衣物和平时的洗漱用品都加上，也没有装满自己的行李包。收拾好了东西，姜瑶环视了一周，看着自己生活了八年的地方，莫名地，又有些伤感。

院长年纪大了，她去院长的宿舍道别的时候，那人一边打呵欠一边连连点头，嘴上说着“你长大了，真好”，眼睛早已经半睁半闭了，离别的气氛没有烘托起来，姜瑶只得遗憾地回到了自己那个只有十多平米的小宿舍。

姜瑶现在的心情很复杂。

她一方面对福利院充满了感激，是福利院给了她一个生存的机会，八年间，不管她曾经说错什么话，做错什么事，被老师惩罚打骂，她熬也熬过来了，忍也忍到头了，自己不还是平安地长大了吗？她认识了更好的人，自己未来也能够作为一个独立的人来生存，这样，不是挺好的吗？

可是另一方面，她又同时对这个地方充满了憎恶。

小时候睡大通铺，小孩子不分男女，人挨人挤到一起，拥挤的宿舍一年四季都阴冷潮湿，很多小孩子会因为体质太差生了病死去，每次有收养小孩儿的家长过来，大家都像老虎扑食一样，使出自己的浑身气力来讨大人的喜欢，等着自己的猎物，不过区区几岁的小孩子个顶个的憋着坏，生怕自己被剩下。

在福利院，“被剩下”的小孩儿总是被欺负的。

也许是因着周连年每年定期汇过来的一笔钱，姜瑶要比更多的小孩儿获得了这院里为数不多的善意。

他们给她分了一间小小的宿舍，虽然仍旧阴冷潮湿，每天的饭菜总是比其他小孩子要多一些，虽然菜汤里漂浮的油花令人作呕。

姜瑶成了福利院唯一的关系户。

可哪怕是这样，她还是不满足，她迫不及待地想要长大，想拥有自己的工作、房子，以期拥有自己的生活，于是在十八岁高考前的两个月，她的第一份工作促使她，终于看到了独立生活的希望。

手机铃声响起，姜瑶回过神儿来，以为是周连年回过来的短信，欣喜地抓过手机，一看，是林骆回的微信。

我买了后天去饶水的高铁，早上九点的车，我在高铁站等你，不要迟到。

反正。

早晚都是要去的。

姜瑶顿了顿，回了个“好”。

谁知道以后会是什么样子呢，能够尽力地，不留遗憾地去完成现阶段想做的事情，这样以后再发生什么事，应该就不会后悔了吧。

姜瑶想。

一夜无梦，最后一个在福利院的夜晚居然睡得格外香甜，姜瑶再睁开眼的时候，已经早上八点了。

她没有同周连年约定上班的具体时间，可因着公司的环境和那张一刷就能开门的门禁卡，姜瑶也想早点儿去公司工作。

于是迅速地下床洗漱，早饭都顾不上吃，拎着自己的行李包就往宿舍外跑。

跑到门口的时候被两个负责生活卫生的老师拦住了。

说是老师，两个人也不过二十岁左右，黑色短头发的叫江琪，黄色长头发的叫江思，她们也从小在福利院长大，后来因为没怎么上过学又在外面找不到工作，最后都留在了福利院工作。

“瑶瑶，早上才听院长说你几天要离开福利院，你这就要走了啊。”

“是啊，我们上午还跟院长提议，要给你弄一个欢送会，要不中午大家一起吃个饭再走嘛。”

“对嘛，院长还挺舍不得你的。”

“……”

两个人你一言我一语，说得姜瑶还挺不好意思的，没过一会儿院长出来了，看到姜瑶她们站在一起，大体也知道了怎么回事儿，忙说。

“瑶瑶你就中午跟大家一起吃个饭再走吧，”院长顿了顿，眼圈又开始泛红，“你这一走，也不知道什么时候能看到你了。”

姜瑶最受不得别人哭，忙走到院长面前拍她的背，说，“好了，我吃了饭再走，再说我又不是不回来了。”

院长这才破涕为笑。

姜瑶不忘给周连年发个信息，说自己下午才能回去，很快，姜瑶就收到了一个“好”字。

谁知道这一折腾，中午一点半才吃上饭。

院里跟姜瑶差不多大的同龄人基本都选择留在了福利院，其他小孩子都管这些人叫老师，姜瑶也就跟着一起喊了。到最后，在她们一张桌子上吃饭的，刨除院长，加上她一共有七个人。

有几个年纪大的老师不住院里，看下午没事，就紧着回家了。

也不知道谁拿来的酒，几个二十来岁的姑娘，你敬我我敬你，最后酒全被灌进了姜瑶的肚子里。

院长年纪大又不能喝酒，被几个老师劝着，扶回了宿舍，姜瑶喝的摇摇晃晃，意识还算清晰的时候，总算记起了正事儿。

她得早点儿回去，跟周连年说好了下午到家，明天一早还得去高铁站。

姜瑶摇摇晃晃地拎着自己的行李包往外走，一边走一边翻出了周连年的号码琢磨着给他打电话，几个姑娘互相对了对眼色，也没有拦。

江琪笑着揽过姜瑶的肩膀，一边说着“我送你吧，你看你走路都走不稳了”，一边朝身后对下了眼色，也不知为什么，那一刻，意识尚且明晰的姜瑶，第一反应是将手机收了起来。

许是觉得重要，许是因为别的什么原因。

江琪揽着姜瑶走的，却是公交车站的反方向。

福利院后面以前是个废弃的钢铁厂，后来也不知道怎么，就变成了垃圾堆。

第一个将姜瑶放倒的，就是一直揽着她的肩膀要送她的江琪。

下午四点。

炽烈的太阳还没有落，姜瑶刚一倒下，就被地面烤得背上的肉生疼，地上的垃圾乱七八糟，硌得姜瑶呻吟出声。

身后的笑声或长或短，或刺耳或放纵，一浪一浪地传到姜瑶的耳朵里，惹得她头疼得厉害。

姜瑶不明白，她分明是跟这些假装同她热络的人不熟识的，如果不是院长，她可能一刻也不会多待，只是……

院长呢，她参与了吗……

“你不是有一个有钱的资助人吗？”江琪笑着踢了她的肚子一脚，姜瑶疼得蜷缩成一团，“你走了，他是不是就不给院里捐助了啊？”

啪——

“说啊，”又一个女生蹲下来，扬起手扇了她一巴掌，“哑巴啦？！回头跟你那个有钱的老板说说，我们院里把你养大不容易，想白白把人领走是要付出代价的。”

……为什么？

姜瑶觉得自己的头嗡嗡作响，喉咙里有了血腥味，身体蜷缩着，抱成一团，更多的巴掌和拳头下来，几个姑娘的讲话声音她居然还能完完整整地过滤了一遍。

“这是每个要离开福利院的人必须接受的代价，死不了就算你命好！”

“对啊，不是十八岁了嘛，也算是我们当姐姐的送你的成人礼，怎么样？”

“思姐，她行李包里有个钱包，里面的钱还不少呢。”

“果然，这个臭丫头不知道在哪里偷的钱，这种人就该被活活打死。”

“钱收起来了吗？”

“差不多行了，别打死了。”

“这种人不是一死百了吗，早就看她不顺眼了，平常冷冰冰的，就会在外面勾搭野男人，呸，不要脸。”

“够了！别特么打了，人不动了！快走！”

“别看了，死了也不会有人知道的，快回去，一会儿院长该怀疑了。”

“……”

不要拿她的钱。

姜瑶做了一个梦。

她梦到自己重新回到了八年前，有着美貌长相的人贩子给她买了棉花糖，陪她坐在长椅上一待就是好几个小时，一面逗她玩儿，一面劝她。

说，“别哭了，等你吃完，阿姨就带你去找妈妈。”

她抽噎着点点头，果真没有再掉一滴泪。

她等啊等，直到最终被阿姨带到了大巴上，阿姨死了，她出了车祸住了院，小小的她全然没有一丝求生欲。

十八岁的姜瑶站在病床前，看着那个昏迷不醒的姜瑶哭得不能自已。

不要死。

不能死。

…………

我真的不想死。

下一秒，时空变幻。

还是那个小小的，十岁的姜瑶，无欲无求地躺在周连年的车前。

“我不想活了。”

…………

不要死！

我不想死！

…………

仿佛是从很遥远的地方传来，那声音断断续续，缥缈得厉害。

姜瑶伸出手，茫然地，想抓住什么，求生的欲望使得她艰难地睁开了眼睛。

手心里空空的，什么都没有。

天色已经暗了。

她浑身上下疼得厉害，压在身上的一只手紧紧地攥着手机。

事到如今，姜瑶甚至庆幸，自己被殴打的时候，因为胳膊被身体压着，他们没有发现这只手机。

手机没有多少电了，姜瑶不敢犹豫，挣扎地拨通了周连年的电话。

“嘟……”

“嘟……”

“嘟……”

接啊。

姜瑶咬着嘴唇，眼睛紧紧地盯着手机屏幕。

接啊！

接电话啊。

周连年，求你，接电话啊。

姜瑶偏着脸，眼泪终于一滴滴落下来。

Did you pick up
my heart

●○

chapter 13

●○

“怎么了小饼干，周连年做宣讲呢。”

是靳郁杭。

电话终于被接通，只是接听人是靳郁杭，没关系，姜瑶想，没关系，谁都可以，谁都可以来救她。

姜瑶觉得自己的喉咙发紧，张嘴都格外困难，说话的时候呜呜咽咽，似乎怎么也说不清。

“什么嘛……”靳郁杭怔了怔，又问，“你是不是做梦了，周连年马上就结束了，你等一下。”

说罢挂了电话。

姜瑶怔怔地，听着电话那端传来嘟嘟的挂机声，终于无声地哭了起来。

她张着嘴，眼泪一滴一滴地往下掉，哭得极为难看，却也是无声的，她的号啕，也只是偶尔能发出一丝闷哼的声音，那声音被空旷的垃圾场放大，更显得尤为瘆人。

她发不出声音。

手指艰难地、缓慢地敲了几个字，幸而手机电量对她分外友好，以至姜瑶编辑好短信，再群发之后，那手机还是坚持挨了几分钟才终于关机。

她新换的手机，通信录里也没有几个人，便给周连年、林骆、林所长都发了去。

她不想死，哪怕只有一个人看到，只要肯过来找她，她就有一线生机。

姜瑶攥着手机，缓慢而茫然地闭上了眼睛。

得救了吗？

她不知道。

听说人在将死之前，眼前会像过电影一样，掠过这一生的经历，姜瑶没看到自己的过去，却恍惚看到自己置身于悬崖前的空地，双手合十，虔诚地跪在地上。

听说神爱世人，每个危难之人在临终之际都有一次得救的机会。

她还没有活够。

她真的不想死。

抱着对活着的恳切的愿望，她把自己所有知道的神仙挨个儿求了一遍。

她还这么年轻，还有那么多想做而未做的事。

所以神啊，恳请你，救救她。

周连年很快结束了宣讲。

晚上八点。

靳郁杭拍了拍周连年肩膀，勾着嘴角，问他，“是不是得请公司同事撮一顿啊，这次挺成功嘛。”

周连年皱了皱眉，分明，觉得哪里不对。

“我手机呢？”周连年问。

“哦这里，”靳郁杭把周连年的手机从口袋里掏出来，说，“刚刚小饼干给你打了电话，我帮你接了，哼哼唧唧地，不知道在说什么……”

这么絮叨着，手机就收到了姜瑶的短信。

靳郁杭凑过去看，忽然瞪大了眼睛。

“院后面垃圾场，救我。”

“这……”靳郁杭想说什么，周连年攥着手机拔腿就往外跑。

靳郁杭反应过来后，周连年已经到了电梯门口，“啪啪啪”地按着向下键。

“哎你等等我，先给小饼干回拨一个电话，看是不是恶作剧……”

不会。

她不是这样的人。

电梯里没有信号，电话拨不出去，周连年看了一眼通话的时间是七点五十，突然就眼眶发酸。

“我车停在外面，用我的！”

靳郁杭说着往自己的车子方向跑，周连年迅速跟了上去超过他，上了驾驶位。

车子飙得飞快，靳郁杭拽着安全带，看着周连年抿着嘴面无表情的脸，很想跟他说“慢一点，注意安全”，他不敢，他应该问清楚小饼干发生了什么事，如果不是那孩子聪明，又发了短信，他们可能到现在都不知道出事了。

周连年肯定在怪他。

靳郁杭有些黯然。

与此同时，林康来和林骆接到短信的时候，骆主任刚把晚饭端到了餐桌上。

看到两个人同时拿起手机，骆主任又开始唠叨。

“吃饭的时候不要玩儿手机了，赶紧放下，我以后下班晚的话你们就先吃……”

话没说完，林康来和林骆互相看了一眼，两个人突然站起来，跑到玄关处换了鞋就往外跑，客厅门被大力带上，发出嘭的一声。

“怎么了？！”

骆主任喊了一声，客厅里早就没人了。

林骆给姜瑶反复打了好几个电话，都是关机，只得催促一脸严肃的林所长开快点儿。

再快一点儿。

最先到的是周连年和靳郁杭。

周连年飙着车只用了二十分钟就开到了福利院，他往院里扫了一眼，没有停下，直直地往福利院后面开去。

车子只行进了一段路程就过不去了，周连年低低地咒骂了一声，跳下车就往垃圾场跑，靳郁杭头晕目眩地随着他下去，拍了拍胸口，又喊周连年。

“哎你等等，这里黑不溜秋地有点儿瘆人啊。”

“姜瑶——！”

“姜瑶你在哪儿？！”

周连年一边跑一边喊姜瑶的名字。

偌大的垃圾场没有一丝亮光。

周连年跑得急了，几次险些被绊倒，渐渐地，他开始觉得恐惧起来。

堆起来的垃圾山像是一座座坟墓，刺骨的寒意就点点渗到了周连年心底，他拿出手机打开手电筒，又开始拨电话，一边拨电话，一边大声地颤抖地喊姜瑶的名字。

还是关机。

“姜瑶——！”

靳郁杭也打开手机上的手电筒，扫了一眼偌大的垃圾场，反而平静下来，追上周连年，拽着他的胳膊。

“分头找！重点找垃圾堆后能藏人的地方！”

被靳郁杭这么一喊，周连年才找回了一丝理智。

“姜瑶——！”

“小饼干——！”

“你在哪儿——！”

“姜瑶——！”

声音此起彼伏。

“姜瑶——！”

却忽而那瞬间出现的一道歇斯底里的喊声中带了哭腔，靳郁杭回身一看，周连年停在自己不远的地方，缓缓地蹲了下去，手机上的亮光照出那人的身形和四肢，毫无生气地，像个死尸，靳郁杭这才跑过去。

周连年是被姜瑶绊了一脚，他踉跄着站直，下一秒，映着手机的亮光，就看到了姜瑶满是红肿的脸。

“小饼干——！”

靳郁杭也跑过来，看到姜瑶昏迷不醒的模样，突然就红了眼眶，孩子脸肿得厉害，嘴角渗着血迹，浑身上下凡是露出的地方都青青紫紫的还有瘀血，他的眼眶一红，眼泪就收不住，盯着姜瑶，眼泪吧嗒吧嗒地往下掉。

“快，赶紧、赶紧送医院。”靳郁杭一边哭一边喊周连年。

周连年这才回过神儿来，小心地抱起姜瑶，太轻了，个子那么高，居然才这么一点点体重，骨头硌得他胳膊疼。

靳郁杭一边跑又一边号啕。

“小饼干你可千万别死啊！”

许是靳郁杭的哭声太大，姜瑶被周连年抱在怀里的时候迷迷糊糊地醒了，睁了睁眼，看到了周连年模糊的脸，终于放了心，无声地掉了眼泪。

“别怕。”

她听见周连年最后说。

迎面撞到了匆匆赶来的林家父子，林骆看到周连年怀里女孩儿红肿的脸，立刻冲过去质问。

“你们把她怎么了？！”

靳郁杭愣了愣，眼泪还没有擦干，看到林骆指责他们，立刻又哽咽起来。

“你、你们要再晚点儿过、过来，小饼干、小饼干都死了！”

周连年一言不发，把怀里的姜瑶递给一旁的林康来，又沉声道。

“先送她去医院。”

“你呢？”林康来下意识地问。

“还有点儿事要处理。”

“……”

林骆已经匆匆地跑去打开了车门，看自己父亲抱着没动，急急地催促。

“爸！快点儿！赶紧去医院！”

林康来看了周连年一眼，又低声道，“这件事我们会处理的，你不要插手。”

说罢抱着姜瑶走了。

靳郁杭还在掉眼泪，他怕周连年揍他，咬着嘴唇没敢出声，可眼泪就是控制不住地，大颗大颗地往下掉。

他想起自己小时候偷偷养在公园的流浪狗小哈。

他每天上学都会给它带两根火腿肠，上学喂一根，下学喂一根，小哈每每看到他过来都开心得很，摇着尾巴围着它转圈，每次他一离开，小哈就眼巴巴地盯着他，模样瞧着可可怜，他想，再过一阵子，他就会跟爷爷求情，让他接受自己收留这只流浪狗。可是还没等他来得及同家人说，他再一次经过公园的时候，小哈没有出来迎接他，他看着自己经常喂狗狗食物的地点围着一群人，待他挤进去，只看到那只流浪狗满是鲜血的尸体。

是被人生生打死的。

没有犯一丁点儿错误，却被人打死了。

靳郁杭回过神儿来的时候，周连年已经往前走了一段距离，靳郁杭呆呆地看他走了几步，又蹲下身，捡了根什么东西。

靳郁杭忙跑过去跟上，这才看清了他手里的铁棍。

“你要做什么？！”他拉住了周连年的胳膊。

“你在车上等我，我一会儿就出来。”

说完，周连年面无表情地又要走，靳郁杭扯着他的胳膊，没动，周连年冷冷地看了靳郁杭一眼。

靳郁杭咬了咬牙，又嚷嚷。

“老子陪你一起去！”

两个人走到福利院大门的时候，门上已经落了锁，周连年举着胳膊粗细的铁棍就往大门上抡，把大门震得咣咣响，值班的门卫揉着眼睛出来，看到拎着铁棍砸门的周连年和一脸冷漠的靳郁杭，隔着老远，没敢动。

拿着电话赶紧报了警，又给保卫科和院长都去了电话，这才近一些，嚷嚷。

“你们干吗的？！这里是福利院，不要闹事，我已经报警了！”

大门是栅栏铁门，不算高，靳郁杭看了几眼，再看看周连年，那人还在持之以恒地砸门。

没用的东西。

靳郁杭搓了搓手，抓着铁栅栏就往上爬，门卫一看有人要翻门，下意识地跑过来阻止，身子刚一贴近大门，衣领子就被周连年拽住了。周连年又顺势拽住了门卫的胳膊，往前一扯一拧，门卫的脸就生生地贴上了栅栏铁门，疼得嗷嗷直叫。

“开门！”周连年沉声。

几年前周连年经常来这边做义工，对这里的环境已经很熟悉，他知道值夜班的门卫负责锁门，自然也会有这里的钥匙，当下，又是扯了扯保安的胳膊。

“不开的话我就卸了你一条胳膊。”

“开开开，我开，”门卫疼得龇牙咧嘴，用剩下那只手从口袋里掏出钥匙，“你轻点儿，我现在就开。”

靳郁杭从栅栏门上跳下去的时候，门卫已经打开了大门，周连年拧着那人的胳膊进来，一个手刀又将他砍晕。

靳郁杭愣了愣，又踹了那门卫一脚，这才跟上周连年。

院长从宿舍楼里颤颤巍巍地出来，看到周连年和靳郁杭两个人满是戾气的走近，愣了愣，后退了几步。

保卫科的人还都没有动静，也不知道警察什么时候能过来。

院长拍着胸口，尽量微笑且平和地同周连年对话。

她的印象里，周先生明明是个顶好的人。

“周先生，请问您这是……”

“院长，姜瑶中午给我发短信说要跟福利院的朋友聚餐，”周连年打断了院长的话，听声音还算客气，“到现在她都没有消息，我想问您她是跟哪些朋友聚的餐。”

“没有回去？”院长愣了愣，抿起的嘴角又露出几道褶子，“下午就听江琳她们说给送走了啊。”

“谁送的？”周连年反问。

院长一听周先生他们是来寻人打听的，立刻就没了戒备，眼睛一眯，又变成了那个精明又和蔼的小老太太。

“就是跟瑶瑶差不多大的几个姑娘，都住一起，说舍不得姜瑶，让我安排吃了个饭。”

“她们也住福利院宿舍吗？”周连年沉声。

“对对，”老太太点头，“就住在最西边那栋楼的304，她们挺可怜的，在社会上找不到工作，现在都留在福利院帮我……”

靳郁杭扫了一眼西边那栋楼，大概六层楼的样子，不高。

对上周连年的眼睛，靳郁杭朝他点了点头。

“您忙。”周连年朝院长点了点头。

眼见着靳郁杭和周连年齐齐地往西边走，院长后知后觉，终于觉出了不对劲，慌忙给保卫科去了电话，又赶紧给304的姑娘打了分机，让她们穿好衣服等着，谁来都不要给开门，说警察马上就过来了。

女生宿舍。

三楼304。

江思挂断电话后突然慌乱地开始换衣服，一边换一边招呼其他的姑娘。

“快穿衣服，院长说有人找事儿，到我们宿舍楼来了！”

“会不会是姜瑶……”江琪突然开口，想到那人现在应该还躺在垃圾场又觉得不可能，又问江思，“报警了吗？”

“报了，快穿衣服，去窗户那儿看看。”

几个女生着急忙慌地换好衣服，开了灯，从床上下来，几个人头凑到一起，还没来得及看清窗外是什么情况，宿舍门嘭的一声就被人从外面踹开了。

“啊——！”

面对未知的恐惧，女生们的反应大抵都是一样的，周连年神色未动，举着铁棍对着宿舍的床和桌子就是一通乱砸。

“啊——”

“啊啊——”

女生集体再次发出恐怖的尖叫，且一浪高过一浪。

瑟缩着挤成一团，一向在院里横行霸道的女生们头一次被吓得噤了声。

靳郁杭不满意周连年雷声大雨点儿小的动作，就知道发狠砸东西，于是揣着口袋冷着脸往女生堆面前走。

那群姑娘倚着阳台的墙退无可退，抄起手边的东西就往靳郁杭身上扔。

洗发水、沐浴露、衣架、水盆，最后是一个热水壶。

周连年堪堪往后拽了他一把，靳郁杭这才躲过那个小型爆炸，最后终于生气了。

他一个健步冲过去，扬起手给每个人都甩了一巴掌。

伸出脚要踹人的时候，被周连年拦住了。

江琪捂着脸眼眶通红，偏偏就是不服气，朝着靳郁杭和周连年嚷嚷。

“你们两个大男人居然朝一群女孩子动手，你们是人吗？！”

“我去你的……”

靳郁杭又想冲上去踹人，周连年已经比他先快一步，又甩了江琪一巴掌。

面无表情地看着她，冷着声音问。

“想死吗？”

江琪突然就打了个哆嗦。

女生们开始一个接一个地抽泣，靳郁杭烦闷之余，猛然察觉自己以前就这么哭来着，自己又觉得特不好意思。

院长带着警察和保卫科的人颤颤巍巍地上来后，就看到宿舍里一片狼藉，床铺都被砸塌了，桌子、杯子、凳子，连宿舍里唯一的电视机都被砸得粉碎，院长捂着心脏，慌忙从兜里掏出一个小绿瓶，对着嘴倒了几颗药咽下去。

几个女生看到院长带着人进来，哇地就哭出声。

“这是为什么啊？”院长看着姑娘们肿起来的脸，走上前抹了抹眼泪。

警察把 304 宿舍的女生连同靳郁杭和周连年一起带回去了。

上车前，周连年突然转身，看着院长。

“我这么多年，一年不落地给福利院捐钱，您知道为了谁吧。”

“……”

警车装不下那么多人，靳郁杭嘻嘻哈哈地，就把自己的车让出去了，两个人坐在车子后座，前面的民警一脸无奈。

“我还是把老林喊来，你们这真没法弄啊。”

直到警车呼啸而过，福利院重新恢复了平静，院长站在大门口，还是没回过神儿来。

“瑶瑶，是出了什么事吗？”

Did you pick up my heart

chapter 14

姜瑶知道自己得救了。

她昏睡着做了各种各样离奇的梦，最真实的是她对各路神仙的祈求似乎起了作用。

齐天大圣踩着筋斗云翻了个跟头，在人贩子预备把她带走时救下了她，未费吹灰之力。

周遭车水马龙，人声嘈杂，她听不到，也看不到，只顾着一脸茫然地跟在大圣身后，直到他停下，不耐烦地看着她。

你跟着我做什么？

我想回家。

回家做什么？

我想找我妈妈。

大圣说了什么？

找不到，还是能找到？

是找到有什么用，还是没有他们你也能好好生活？

瑶瑶。

瑶瑶。

久违的、熟悉的声音。

妈妈吗？

为什么。

只有她是姜瑶呢？

…………

“哭了哭了，”陪护指了指病床上的姜瑶，又招呼站在楼道里的林骆，“快进来，她应该快醒了。”

林骆有些疲惫地搓了搓脸，这才从外面推门进来，走到姜瑶身边，轻轻地喊了她一声。

“瑶瑶。”

那声音温暖深情，又夹杂着一丝动人的炽热的关心，妈妈，也是这么喊她的吗？

姜瑶缓缓地睁开眼睛，一滴泪又顺着眼角掉下来，她有些茫然盯着天花板，又偏过头，看到了一脸倦色的林骆。

不是妈妈。

“喝水吗？”林骆轻声问她。

姜瑶摇了摇头，眼睛又往四周扫了扫，声音略带沙哑地问。

“几点了？”

“快七点了，你睡睡醒醒的，都一天一夜了。”

一天一夜。

“我手机呢？”

林骆从床头柜前拿起手机递过去，又沉声道。

“你休息一会儿，我下去给你买点吃的。”

姜瑶就说“好”，林骆走到病房门口的时候，姜瑶突然喊住他，问。

“票退了吗？”

林骆愣了愣，转身看了看姜瑶，女孩儿眼睛里失望的情绪一闪而逝，这才想起姜瑶说的约莫是去饶水的车票，下意识地点点头，又说。

“退了。”

“那……”

“等你好了，”林骆打断姜瑶的话，又朝她笑了笑，“我再带你去饶水。”

“好……”

林骆在医院广场前的长椅上坐了很长时间。

他没告诉姜瑶，在她醒之前，周连年和靳郁杭已经来过了。他们在看守所里被关了一宿，天一亮才有人把他们接出来，两个人在医院胡子拉碴地待了大半天，最后还是听到医生说确凿没事儿后，又特意帮她找了个陪护才走。

他记得周连年茫然地站在楼道外的模样，竟和姜瑶惯常放空的表情如出一辙，眼睛里的情绪他却连一丝一毫都看不懂。

他不是姜瑶的朋友，更不是他的亲人，即便是应着资助人的身份，这八年间他们之间的交集也少得可怜。

这种哪怕说出来都令人可耻的恩惠，使得两人之间绝无平等的可能，周连年亦无可能推己及人，感同身受。他是个商人，自古无商不奸，可是在周连年身上，林骆看不出那人对姜瑶的半分企图心，反而因为他那茫然无措的模样一度令林骆格外紧张起来。

林骆带着晚饭回来的时候，姜瑶正在打电话，她沉默的时候向来严肃，只是这次，又加了些阴沉。

轻轻地打开门进来，林骆听到姜瑶几乎是咬着牙念了一串名字。

“江琪、江思、江英子、江雨燕、江寒、江姗姗，”姜瑶念了一串名字，又对着电话道，“就是这几个人，她们住一个宿舍，江琪和江思主使的，以前她们也做过，每每有人离开福利院都要被她们群殴一顿，林叔你快把她们都抓起来，还有……”

原来是跟父亲在通话。

林骆顿了顿，把吃饭的小桌子拉出来，在姜瑶的病床上放好，又听到那人的声音低了低，喃喃。

“哦，抓了啊，那周连年他们……”

林骆看了姜瑶一眼，那人神色如常，像是随口一问。

“没事就好，”姜瑶点头，又忽而拔高了声音，“对了，她们还拿了我三千块钱！”

“……”

晚上九点，林所长和骆主任都来了，骆主任一进门就看到姜瑶身上大大小小的伤痕，惊叫出声，坐在姜瑶床边抓着她的手不住地边抹泪边喃喃。

“她们怎么那么坏啊！”

骆主任的手柔软而温暖，姜瑶盯着自己被她抓在手里的指尖，有一瞬间的恍惚。

要是……

妈妈在就好了。

姜瑶记挂着自己的行李包和三千块钱，一直问林康来什么时候能把钱要来，林康来就笑，白了姜瑶一眼。

“命都快没了，还记挂着要钱，”又道，“等你出院，我把钱给你送来。”

姜瑶这才放松下来，朝林康来笑了笑。

“谢谢林叔。”

两个人坐了一会儿，林骆就催着他们回家，姜瑶敏锐地捕捉到骆主任眼里对儿子的心疼，忙道。

“林骆你跟你爸妈一起回去吧，我这不是有陪护嘛。”

林骆怔了怔，往病房窗外看了一眼，果然看到先前的护工阿姨还站在外面。

“谁找来的护工？”林康来问。

“是周……”

“周连年上午过来了，”林骆打断姜瑶的话，看了看林康来，又看看姜瑶，“走的时候找了个护工，我还没来得及告诉你。”

姜瑶就笑，“你出去买晚饭的时候，阿姨跟我聊天儿了。”

“那既然这样，”骆主任整个人突然就放松下来，看着姜瑶，面色又温和了几分，“瑶瑶你好好休息，阿姨改天来看你，林骆也毕业了，让他时不时地过来陪你。”

姜瑶模样乖巧。

“谢谢骆主任。”

陪护阿姨从外面进来，给姜瑶倒了杯水递过去，又把床头摇高了些，拿了个枕头垫在姜瑶背后，问她。

“身上还疼吗？”

姜瑶摇了摇头，看着阿姨的脸格外眼熟，只是半天都没想起来。

“阿姨，我怎么觉得好像见过您啊，挺熟的。”

“可不是嘛，”那阿姨就笑，拿了个苹果给姜瑶削苹果，“我还以为你忘了呢，之前周先生车祸就是我照顾的，就是脾气不好，我还担心他骂你来着，没想到他后来留了我的电话，这不又把我喊过来了。”

就说嘛。

姜瑶点了点头，小心翼翼地看了低头认真削苹果的阿姨一眼，又咬了咬唇。

“阿姨，”姜瑶顿了顿，“他说什么时候过来看我了吗？”

“谁？周先生吗？”

阿姨认真的模样太过真诚，姜瑶觉得耳垂发烫，点了点头，又有些慌张，好像自己的所有心思在这人面前都无处遁形一样。

“他没说吧，要不你问问？”

“算了。”

姜瑶摇摇头，垂下眼角。

以后见面的日子，应该长着呢。

想到这里，姜瑶突然间就对自己伤好出院这件事格外期待起来。

姜瑶在医院一待就半个多月，这期间林骆每天都会过来一趟，后来说他高考成绩下来了，超过一本线七十多分，偶尔过来的时候会拿着厚厚的报考指南，一边翻一边问她有没有推荐的学校，姜瑶对大学没有研究，看林骆一脸虔诚的模样，只是下意识地问他。

“你是要填报别的省市的大学吗？”

“我还没想好，”林骆笑，“我妈想让我填江临大学，也是重点，离家也近。”

姜瑶就点头，说，“阿姨是舍不得你。”

林骆翻着书头也没抬，“做父母的不都这样嘛，”末了似乎意识到自己说错了什么话，忙道，“瑶瑶我的意思是……”

“我明白的。”姜瑶笑。

周连年白天没有来看过她，姜瑶只是依稀记得那人有几天晚上来过几次。

许是药物里有助眠的成分，天一黑她就犯困，没过多久就睡着了，偶尔有声音把她吵醒，迷迷糊糊地睁睁眼，没动静的话一闭眼就又睡过去了。有好几次她都能隐约看到周连年模糊的身影站在自己床前，面上的表情格外严肃，可是那人没动静，姜瑶便只当是一场梦，如此过了两三次，有一天陪护阿姨坐在她床边跟她聊天儿的时候，突然主动提起了周连年。

“你最近晚上睡得太早了，周先生过来好几次你都在睡，我说要喊醒你他都没让。”

姜瑶这才知道，原来周连年确凿是来看过她的。

如此，姜瑶晚上就强撑着不肯睡了，可等了几晚那人反而不来了，姜瑶又是一阵沮丧。

姜瑶没等来周连年，反倒是福利院的院长，步履蹒跚地来看她了，一进门看她脸上的青青紫紫的伤痕，眼圈霎时红了。

“这怎么这么严重呢，这么多天还没好，我还以为……”

院长好像又老了很多。

脸上的褶子又多了一些，身形瘦弱矮小，连头发透着灰败的花白。

距离她们上一次见面明明才半个月的样子。

“院长，”姜瑶咬了咬唇，忍不住落了泪，“你怎么过来了呢，你这么大年纪了，福利院又那么远……”

“好孩子，”老太太颤颤巍巍地伸出手，落在姜瑶的嘴角和眼眶上，“还疼吗？”

老太太手指划过的地方好像重新带上了火辣辣的疼痛，姜瑶眼泪涟涟，点了点头，说。

“疼，可疼了。”

院长就又开始哭，一边抹泪一边絮叨，老泪纵横的模样使得她看起来格外可怜。

“是我对不起你，要不是我留你，要不是非要吃饭，她们也、也不会……”末了又是叹气，“这些孩子，她们过得苦，看你找到了工作，她们嫉妒你……”

“嫉妒我？”姜瑶觉得可笑，“外面的孩子，哪个没爹没妈？最该值得嫉妒的小孩儿都在外面，她们怎么不敢动？”

“瑶瑶，她们知道错了，先前又被周先生带了人打了一顿，现在还被关在看守所，你跟林所长熟，能不能说说……”

原来是这样。

所以哪怕是看着自己长大的院长，来看自己的时候，都是带着目的吗？

“凭什么？”姜瑶垂下眼，声音一字一顿，“她们把我打成这样，院长反而让我去替她们说话？”

“这，手心手背都是肉，瑶瑶，”院长想抓姜瑶的手，姜瑶不动声色的抽回来，老太太抓了个空，神色又有些黯然，“她们从小跟在我身边，现在又帮我照顾福利院，我这么老了，实在是……”

“抓她们的是警察，跟我无关，我跟林所长也没有那么熟，那些人也不是我说放就放的，您找别人吧。”

姜瑶说着，负气地躺下，把被子拉到头顶。

“你这孩子，”院长又急又气，“怎么这么不知道宽容啊。”

“……”

“304的那几个人把瑶瑶拖去垃圾场施暴的时候，宽容了吗？”

清冷的男声从门口传来，蒙在被子里的姜瑶愣了愣，偷偷地拉下被子，露出一小条缝隙。

周连年就站在病房门口，脸上的表情与其说是愠怒，不如说是冷漠中略带了些嘲讽。

那人一只手揣着口袋，另一只手不知道拎着什么东西，看院长不说话，几步走过来把东西放下，又说。

“她被打得奄奄一息，躺在垃圾堆里不知道昏迷了多久，如果不是救助及时，这个人就没了，”周连年顿了顿，“哪怕是这样，您都觉得她们应该被宽容吗？”

“可是那是六个孩子啊！”院长颤抖着站起来，“是六条命啊！”

“连人命都是少数服从多数吗？！她们的命是命，瑶瑶的就不是，就活该被她们打吗？！”

“可是……”

院长还想说什么，姜瑶已经把被子彻底拉下来，坐起来面无表情地看着院长道。

“院长您回去吧，我会跟林所长说的。”

“哎哎，好孩子，我就知道你心好。”

这么说着，老太太才颤巍巍地站起来，约莫是对周连年有所忌惮，那人再不敢多看周连年一眼，甚至连句嘱咐都没跟姜瑶说，急匆匆地就走了。

“傻子。”

周连年白了她一眼，抿着嘴一屁股坐在椅子上，抱着胳膊一言不发，似乎在生姜瑶的气。

姜瑶小心翼翼地看一眼周连年，又解释。

“我如果不那么说的话院长不会走的。”

周连年摊了摊手，“真的？你不会给林所长打电话吗？”

“不，”姜瑶认真地摇了摇头，“这是她们应承受的代价。”

周连年脾气变化阴晴不定，这会子听到姜瑶的话突然就笑了，孩子挺明事理，不错不错，咧着嘴站起来，把床上的小桌子拉出来放好，又把保温饭盒拿出来。

“吃饭吃饭，你饿了吧。”

“……你不用上班吗？”

“今天周六，”周连年顿了顿，又说，“我问了大夫，下周六你就可以出院了，你这几天有哪不舒服的要及时说，周六我再过来接你。”

姜瑶默默地叹了口气，巴望着下周六能晚一点到来。

她没有钱了。

哪怕是一个月五百块的房租，她都交不起了。

一星期后，周连年去医院接姜瑶，走到病房门口的时候，那人还跟在收拾床铺的护士身后，磨磨蹭蹭地交涉。

“姐姐你就再让我住几天吧，我这伤还没好呢，”说着指了指自己的额头和嘴角，“你看，一碰可疼了呢。”

那护士又气又笑，说，“现在床位这么紧张，你这小伤小碰的，还是别给医院添麻烦了吧。"

"我不是脑震荡了嘛，万一哪天在家里傻了怎么办？"

"我就没听过有人这么咒自己的，行了，别闹了……"

"哎呀姐姐……"

一转身，看到周连年站在病房门口，姜瑶抓了抓头发，有些不好意思。

"为什么不想出院？身体还是不舒服吗？"拎着东西出来的时候，周连年淡淡地问了一句。

"呃是……"姜瑶揉了揉额头，又斜着眼小心地扫了周连年一眼，"我觉得头还是有点儿疼……"

"呵……"

姜瑶无法辨别周连年这声意味不明的嘲笑是什么意思，只得讪讪地，跟着上了车。

林所长到底没有送来属于她的三千块钱，林骆金榜题名，林所长和骆主任这两天请了亲戚同事大摆宴席，林骆自然抽不开身，姜瑶就也没好意思给林所长打电话追要她的三千块钱。

路上，周连年似有若无地扫了她好几眼，姜瑶被看得有些尴尬，原本就绷紧的脊背这下更直了。

"你是不是一坐车就紧张？"周连年问她，顺便伸出一只手戳了戳她直挺挺的背。

"你别用一只手开车！"姜瑶吼了一句，眼见着周连年重新把手放回去，这才放了心，"我这不担心出事嘛。"

"胆小鬼。"周连年笑了笑。

"我不是小时候出过事故嘛，吓怕了……"姜瑶嘟囔了一句。

周连年想起那时候林康来说过，她也是撞到了头，昏迷了三天。

"你就这一身衣服吗？"周连年看着姜瑶身上洗的发黄的白色

短袖儿和裤边都有些磨破的浅蓝色牛仔短裤。

“不啊，我有两套换洗的呢，”姜瑶说着，朝周连年比了个二，又解释，“夏天嘛，衣服总是要多有些的，毕竟要经常换洗。”

这有什么可骄傲的？

两套就叫衣服多，那冬天换洗怎么办，难道裸奔吗？

周连年不说话，开着车停在了小区附近的大型商场门前。

“下车。”周连年一边解安全带一边对姜瑶说。

姜瑶透过窗户看了看外面的商场，抿了抿嘴，干脆心一横，朝周连年嚷嚷。

“我没钱！我的钱包被江思她们拿走了现在还没要回来！你的房租我都付不起了！我哪有闲钱买衣服！”

周连年已经下了车，听到姜瑶的话，又拉开车门，探进半个身子。

“所以你才嚷嚷着不想出院？”

姜瑶脸一红，索性抱着胳膊要起了无赖，“反正我没钱！”

“走吧，”周连年笑了笑，又绕着车过去，打开车门，“所以你要赶紧上班好好还债啊。”

周连年笑容感人，眉梢和嘴角带起的弧度多了些宠溺的意味，姜瑶一咬牙，想着反正也是还不起了，解开安全带跟着周连年进了商场。

姜瑶没钱又没主见，周连年让她自己挑衣服，她一定要先看标签上的价格，看一眼就朝周连年使眼色，如此逛了几个品牌店后，周连年终于没耐心了。

“赶紧挑，挑完早点儿回去。”

“太贵了，”姜瑶小心翼翼地踮起脚，尽量离周连年的耳朵近一点，“一家比一家贵，我还是……”

周连年没等她说完，自顾自地进了离自己最近的一家，看了一圈，跟导购指了指两件短T，又要了两条短裤，末了看到最上面挂着一条淡蓝色连衣裙，又指了指，“那条裙子也拿一下。”

说罢朝站在门口的姜瑶招了招手，“你去试。”

姜瑶有些不情不愿，无奈导购格外热情，推着她就进了试衣间，隔三十秒就问姜瑶要不要帮忙，对着周连年直夸姜瑶身材好，长得漂亮。

好什么啊，周连年点了点头没说话，瘦的跟个竹竿一样，风一吹就能撂倒，这样也算好？

姜瑶先试了短袖儿和短裤，自己照了照镜子还算不错，想着果然还是新衣服好看，又欢喜地跑到周连年面前，转了一圈，问。

“好看吗？”

周连年就说好看，看着姜瑶的细胳膊细腿，又低低地叹了口气。

太瘦了。

试连衣裙的时候，姜瑶够不到背后的拉锁，红着脸找导购员帮忙，打进了试衣间，导购员此起彼伏的赞扬声就没停下。

“哎呀你身材真好，该瘦的地方瘦，该长肉的地方长肉。”

“啊你腰好细啊，腿怎么能这么长。”

“你皮肤真好，你怎么这么白啊。”

“你穿裙子真好看……”

“……”

太拼了，姜瑶想。

也不知道卖出一件衣服能拿多少提成。

照镜子的时候，导购把她扎着的头发放了下来，乍一看还真是有些不一样，姜瑶原本就是瓜子脸，最近出了这个事故弄得她食欲不振的，脸看着更加瘦削了，只是头发这么一放，反倒显得整个人多了一股子别样的气质。

浅蓝色果然很配她啊，姜瑶想。

原本想大大方方地穿着新衣服给周连年看，可自己一琢磨穿得是连衣裙，就有些不太自然，生怕周连年看不习惯，以至显得格格不入。

扭捏着走到周连年面前，连圈也不转了，紧张地问他。

“你觉得怎么样？”

周连年抬起头，看到穿着淡蓝色连衣裙的姜瑶，愣了愣。

不知道从什么时候开始，姜瑶多出了一股子清冽的气质来，许是她原本就有，只是面对自己的时候显示不出来，这会子换上连衣裙，因为紧张又故作镇定，那股劲儿就出来了。

“挺好看的。”周连年说。

姜瑶松了一口气，见周连年旁边放了两双鞋盒，又问，“这是什么？”

“鞋，都是三十六码的，不用试了。”

“哦。”

姜瑶低着头，局促地看了看自己脚上踩着的泛黄的白色帆布鞋，再看看面前一本正经地研究手机的周连年，突然就有些不好意思。

得赶紧挣钱啊，她想。

周连年提前给她收拾好了房间，四件套换了新的，卫生间里的洗漱用品是之前在超市买好的，连毛巾浴巾都好端端地挂在柜子里，姜瑶拿出来看了看，标签都没摘。

是双人床，姜瑶下意识地摸了摸，软的，比福利院的硬板床不知道要软多少倍，姜瑶惊喜地转过头，看着抱着胳膊站在门口的周连年。

“都是我的吗？！”

周连年揉了揉耳朵，笑了，继而点点头。

姜瑶这才意识到自己有些失态，握了握拳，这才故作镇定地说了句。

“挺不错的。”

周连年笑了笑，说，“那你玩儿吧，我先去公司，你收拾下明天就去上班吧，哦对，”周连年从口袋里掏出什么东西，递给姜瑶，“你的。”

居然是姜瑶的身份证。

“怎么在你那里？！”姜瑶兴奋地两只手接过来，边看边在身份证上亲了一口，“我还以为弄丢了。”

“收好吧，”周连年笑了笑，“我走了。”

“好！”

姜瑶一副岁月静好的模样目送着周连年出门，一转身就往自己的大床上扑，踢了拖鞋，抱着枕头在床上打了好几个滚儿，还是激动得够呛。

“呦吼！”

周连年关门的时候听到姜瑶的声音，抿着嘴笑了笑，轻声关上了门。

果然，导购说得对，女孩子都喜欢软软的床，换了个床垫果然还是没错的。

姜瑶在床上折腾够了，这才下了床，里里面面打量了个遍，打开衣柜把周连年新买给自己的那几件衣服挂进去，又把自己的行李袋打开，挂了几件衣服，看到衣柜贴着的镜子上有个黑点，又急忙拿了张抽纸认真地擦了擦，擦了半天没擦掉，姜瑶凑近了仔细看，这才看清原来是镜子上一个微小的瑕疵。

姜瑶不禁又咧开嘴笑了。

真傻，她想。

衣柜旁边是个梳妆台，上面没什么东西，只有一个黑色的公文包。

姜瑶没有化过妆，平时也不知道护肤，想到自己包里还有个儿童霜，急忙拿出来摆上，还煞有介事的托着下巴想了想未来。

以后等有了钱，就把东西都摆满……

梳妆台上的公文包很重，也不知道是不是周连年忘带了，姜瑶打开看了下，居然是个黑色的笔记本电脑！

什么嘛，干吗放在她房间。

姜瑶又跑到周连年的房间看了看，两个房间的布局都是简约风格，看起来也都差不多，不同的是周连年房间里多了一个落地窗和电脑桌。

姜瑶没敢碰周连年的床，小心地坐在电脑椅的椅子边上，对着周连年的台式电脑陷入了沉思。

她现在有一个大胆的想法。

拿出手机小心翼翼地给周连年发过去短信。

“我桌上的笔记本是你放的吗？”

丢人啊。

姜瑶把电脑椅摆回原位置，离开的时候又用胳膊蹭了蹭椅子面，生怕留下自己的气息，确定没有留下任何蛛丝马迹之后，这才离开周连年的卧室，小心地带上了门。

客厅地板擦得能当镜子使，就连卫生间的马桶也锃亮锃亮的，姜瑶溜达了一圈也没有找到自己可以发挥余热的地方，干脆趴在沙发上挺尸等周连年回消息。

要是自己有个漂亮的房子就好了。

姜瑶又拿出了自己的身份证，反反复复地看了几遍，梦想着找到亲人的愿望又开始在心里抓心挠肝起来。

林骆不知道她今天出院，姜瑶其实顶想问他，在医院里说好等她伤好了再陪她去饶水的话还作不作数，可是。

姜瑶又抓了抓头发，她居然连林骆考上了哪所大学都没有问过，自己的心也是够大的。

这么想着给那人发了微信日常问候，顺便问林骆去了哪所大学，发过去良久，手机页面提示着林骆那端“正在输入”，姜瑶等了等，却始终不见林骆的消息发来，再一看，连“正在输入”的页面都没了，手机静悄悄的，彻底没有了消息。

“什么嘛。”

姜瑶嘀咕了一句，觉得林骆可真行，都是上大学的人了怎么还这么没礼貌啊。

Did you pick up my heart

chapter 15

林骆没有去参加那个为期三天的庆祝宴，他借口不舒服，关在家里两天都没出门。

手机页面还停留在姜瑶发来的那句“你要去哪里上学啊朋友”话上。

他却连一个字都不敢回。

明明不久前还答应她，等她伤好了要带她去饶水，父亲的怒骂却让他一下子如坠冰窟。

骆主任惦记着家里的林骆，没等宴会结束，匆匆就回来了。

打开林骆的卧室门，那人趴在床上闭着眼，一动都不动。

骆主任轻轻地走到林骆床边坐下，摸了摸林骆的头，叹了口气。

“你爸爸说得对，你闹也闹了，该说的也说了，以后上了大学，你会有更高的眼界，认识更多志同道合的人，瑶瑶是个好孩子，只是你以后会发现，因为自身境遇的不同，你们早晚会疏远的。”

“……”

“再多的话，妈妈也不说了，最近还是别跟瑶瑶见面了，把去饶水这件事忘了吧。”

“……”

“你看她现在，不是也过得挺好吗？”

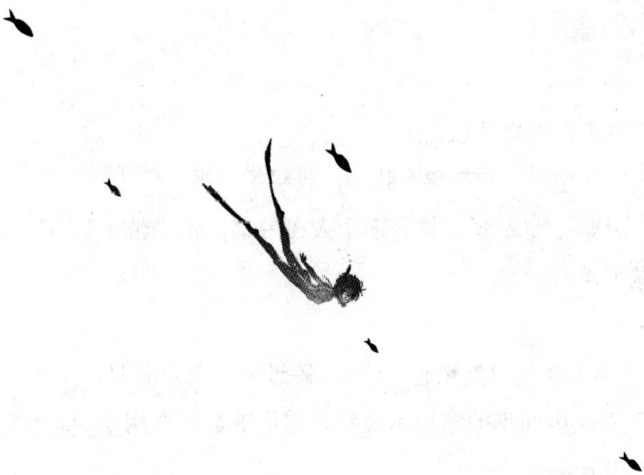

Did you pick up
my heart

chapter 16

姜瑶没等到周连年和林骆的回信就睡着了，她趴在沙发上，右手还紧紧地攥着手机，一边睡还一边叹息。

就连周连年家的沙发也比福利院的床要舒服。

有钱怎么就这么好。

醒来后迷迷糊糊地看到有个身影坐在自己身边，那人偏过头朝自己一笑，站起来。

“醒了？”

梦一样。

姜瑶眨了眨眼睛，恍惚地点点头。

“困了不在房间睡呢，起来醒个盹儿，我买了晚饭。”

姜瑶没动，眼睛一眨不眨地看着那个人在餐桌前忙来忙去的身影，不确定地喊了声。

“周连年？”

“哦对了，”那人像是忽然想起了什么，跑过来站在她面前，“之前给你回消息了，你房间里的笔记本是我之前用的，现在用不着，你先凑合着用，没有密码的……”

姜瑶眨巴了下眼睛，这才清醒了，翻了个身，忘了自己是在沙发上，直挺挺地摔到地上，姜瑶扶着沙发半个身子起来跪着。

腿有点儿麻。

周连年哭笑不得，伸手要扶她，“你赶紧起来。”

“要不，”姜瑶的眼睛直勾勾地看着周连年，“我给你跪会儿吧。”

姜瑶直挺挺地僵着腿跪了五分钟，周连年怕折寿一个人坐在餐桌上吃饭去了，等那人走过来，他才挑了挑眉，问她。

“跪好了？”

餐桌上摆着两菜一汤，一荤一素，还有两小碗米饭，装米饭的是透明的玻璃碗，边上刻着好看的花纹，映衬着那米饭也好似晶莹剔透起来。

姜瑶从来没想到，自己居然真的有一天，可以像常人一般，坐在餐桌前悠闲地吃上一顿饭，还是用的这么好看的碗。

眼巴巴地在周连年对面坐下，姜瑶才又说。

“你真好，没让我交房租还给我饭吃。”

“咳咳、咳咳，”周连年刚刚喝了一口汤，听到姜瑶的话，一下子呛住了，扯了张纸巾，又嘟囔，“我可没说不要，发了工资给我。”

“哦”，姜瑶点了点头，看着面前的碗又往厨房瞅了一眼，“我可以洗碗！”

周连年头也不抬。

“厨房有洗碗机。”

“……”

周连年吃了饭就回房间了，姜瑶听到有声音从他房间传出来，约莫是在打电话，姜瑶百无聊赖地看了会儿电视，实在是没意思，就关了电视也回卧室去了。

一进去她就趴在了床上。

姜瑶太喜欢这张床了，想着自己以后死也得死在这么舒服的床上。

梳妆台上的笔记本电脑姜瑶也懒得动，拿着手机刷了刷又觉得没意思，干脆闭着眼等着困意袭来。

明天就上班了，太好了。

赚了钱得先把周连年的房租钱还上，她不能给他留一个爱贪便宜的印象，再攒一点儿，她就要从周连年的家里搬出来了，孤男寡女，周连年会觉得不合适吧。

挺舍不得的。

姜瑶迷迷糊糊地睡着后，周连年还在跟父母视频通话，母亲絮絮叨叨，让他注意房间通风，吃饭要营养均衡，末了，又是老生常谈，不要总是忙工作，年纪不小了也该成家了。

母亲说罢，父亲又夺过电话，说自己同事家里的女儿刚从国外留学回来，周末两个人可以见面聊一下。

周连年胡乱地应付了一番，赶紧把话题找补回来，说。

“爸妈，就我刚才跟你们提的那个事儿，你们觉得怎么样，孩子太可怜了，没考上，就你们能不能给通融一下……”

母亲语重心长，一针见血。

“连年，学校不是我跟你爸开的，不能我们说让谁进谁就进啊。”

“还教授呢，”周连年嘟囔，“连个小忙都帮不了。”

“哎你这孩子，怎么跟爸妈说话呢，”父亲说了他一句，“不过这个也不是没有别得办法……”

“爸，你有什么主意？”周连年一脸兴奋。

“可以让那孩子自考嘛，听你的意思是这孩子学习够努力，上自考也可以……”

“……”

“好吧，我让她考虑一下，那爸妈，早点儿休息吧……”

“哎连年，”母亲忙喊了他一声，“周末记得回家啊，跟人姑娘见见面，别没有礼貌。”

“知道了。”

挂了视频电话，周连年就又开始发愁。

他鲜少有发愁的时候，哪怕是融资困难重重，他查资料搞方案，知道靳氏以建造文创基地的名义买了块地，迅速地为他们搭建了一个文创世界观的计划，跟团队磨了十天的方案，最后靳氏终于派公司代表送来了合同。

这些他相信事在人为的事情从来没有为此担心过，反倒是到了姜瑶这里，所有的努力好像都无能为力一样。

他当然也知道通过自考可以很轻松地进大学校门，可是自考的学生毕竟是不一样的，姜瑶反感这样的不同，他也不喜欢。

可另一方面，周连年却总是在想，对姜瑶来说，上不上大学也许根本就没有什么不同吧，他们公司也大都是重点大学的学生，最后还不是要进他们公司工作吗？

姜瑶呢，她会这么想吗？

一大早，周连年起床洗漱的时候，看到姜瑶端着碗从厨房出来，看到他，有些腼腆地抓了抓头发。

"我早上起得早，就煮了点儿粥，你洗漱完尝尝好不好吃。"

周连年愣了愣，点了点头，说"好，"末了又补了一句，"以后不用起那么早，我们离公司很近。"

"哦好。"

刷牙的时候，周连年对着镜子，一边刷一边笑了。

说那些话干吗呢，她自己想起就起嘛。

低下头的时候，又看到摆在一起的漱口杯，一个浅蓝一个浅粉，当时买的时候是懒得挑款式，换了颜色好区分，这样看来，还真是容易让人想入非非的搭配。

洗漱完，周连年对着洗漱间的镜子长长地舒了一口气。

原本以为不会习惯的。

他一个人惯了，也没有很多跟女孩子相处的经验，高中忙着打篮球跟队里的朋友一争高下，大学被靳郁杭耽误，也没有同女孩子接触的机会，偶尔有一两个对他紧追不舍的，都被靳郁杭用了各种手段吓跑了，后来毕业成立了连华科技，就更没时间了，后来靳郁杭倒是前前后后正经不正经地交往了几个女友，他也就是报复般恶作剧地拆散了两个，后来就觉得没意思了。

原以为姜瑶搬进来后，他们都会拘束那么一阵子，谁知道同居第一天，并没有出现排异反应。

周连年一边吃着姜瑶煮的皮蛋瘦肉粥，一边暗自感叹神奇。

姜瑶考虑的比较多，两个人到了写字楼门口，姜瑶怕跟着周连年一起上去引发同事侧目，就说自己要在楼下溜溜食，让周连年先上去。

周连年狐疑地看了她一眼，嘟囔了句“什么毛病”就走了。

姜瑶卡着时间，看着周连年上了电梯，才刷了门禁进去，等电梯的时候，一股来自花孔雀的神秘气息就迅速包围了她。

“欸小饼干！”姜瑶的肩膀被靳郁杭迅速揽过来，“好巧啊，你来上班了啊。”

姜瑶讪讪地笑，看到周围越来越多等电梯的同事，下意识地侧了侧身，小声道。

“靳总，注意影响。”

“唉你这额头怎么还没好啊。”

靳郁杭站在姜瑶左侧，右胳膊揽着她的肩膀，左手又伸出来指了指她的额头，被外人看来，像极了拥抱。

小吴悄悄地往后退了退，生怕被人看到，围观不了这场暧昧。

暧昧啊暧昧。

暧昧让人失去勇气。

姜瑶尴尬地笑了笑，伸出手把靳郁杭的胳膊扯下来，再那人有下一步动作之前，迅速地把自己的胳膊搭在那人肩上。

“靳总，”姜瑶咬着牙，皮笑肉不笑，“不要让我第一天上班就不好做人。”

靳郁杭没说话，电梯打开时，他还没动，姜瑶注意到他的动作，半推半揽地将他弄进电梯，两个人站在最前面，靳郁杭望着镜子里的两个人发呆。

姜瑶今天穿着周连年买给她的淡蓝色连衣裙，及肩的头发随意地披着，脸上一点妆都没有，带着淡淡的表情，靳郁杭低着头，这才看到姜瑶的脚。

她穿着一双坡跟凉鞋，脚趾豆圆润晶莹，靳郁杭不自在地移开目光，耳朵有些发烫，却控制不住，又低下头看了看姜瑶的鞋……跟。

靳郁杭生气了。

这块儿讨人厌的小饼干！

明明个子都那么高了居然还穿高跟鞋！

难怪刚刚能揽着他的肩膀！

出了电梯，靳郁杭瞪了姜瑶一眼，气冲冲地走了，姜瑶摸了摸鼻子，远远地看到周连年从办公室出来，朝他挥了挥手。

周连年想了想，迎着姜瑶走过去，看到小吴也跟在后面，忙说。

“小吴，你带姜瑶去一趟人事部，办一下入职流程，再给她领一套办公用品。”

“好的周总，”小吴点点头，又问，“那姜小姐的办公位安排在？”

“你旁边有人吗？”

小吴愣了愣，摇了摇头，“没有。”

“那就坐你旁边吧。”

小吴是周连年的工作助理，坐的位置理所当然地挨着周连年的办公室，可靳郁杭的办公室在另一边走廊，那边空缺的工位更多……

领导的心思真难猜，小吴叹了口气。

“姐姐，你的口红真好看。”

回过神儿来，小吴就看到姜瑶盯着她，真心实意地感叹。

“真的吗？”小吴乐开了花，“这是我新买的杨树林斩男色，你真觉得好看吗？”

“嗯，”姜瑶点点头，“显得你更白了，感觉能发光似的。”

“就你会说话。”

小吴笑着想捏一捏姜瑶的脸，发现自己跟她差了大半个头，再一低头，大家都是高跟鞋，好吧，小吴尴尬地抽回手，说了句。

“你好高啊。”

夸得一点儿也没有姜瑶走心，小吴很是懊恼。

她就是缺少一股子真诚劲儿，人姜瑶一张脸清清冽冽的，偏生说出话来极诚恳，让人信服无比。

人跟人真没法比。

在人力办公室，姜瑶坐在一边填材料，人力的一个男同事悄悄地凑近小吴，满脸堆笑地问。

“静姐，这个小美女新来的啊。”

小吴白了他一眼，警告他，“是周总介绍来的，早上跟靳总一起来的公司。”

那男同事就讪讪地摸了摸头，又朝小吴抱了抱拳。

“多谢静姐提醒。”

原来是皇亲国戚。

姜瑶填好资料，又在合同上签好名，这才站起来走到小吴身边，小声问她。

“这上面要什么学历证书，还有什么英语等级证书，”姜瑶凑近小吴的耳朵，“我都没有。”

小吴心思活络，没问姜瑶原因，就是看了看资料上的年纪，有些扎心。

“没事儿，没有就不用提供。”

姜瑶这才放了心。

从人力资源部出来，小吴又带着姜瑶去了行政部拿了一套办公用品，末了，又从行政借了台单反，让姜瑶站在前台给她拍照。

“是放在你工号牌上的。”

小吴举了举自己脖子上挂的牌子，姜瑶了然，站好后还没来得及笑，小吴“咔嚓”就是一张。

“好了。”小吴打了个响指。

“哦好，”姜瑶抱着办公用品，“那我们走吧。”

小吴：……

你都不要看看你的照片吗？

她抓拍的角度可好了。

姜瑶抱着办公用品回到办公位，按照旁边小吴的摆放整整齐齐地放好，电话线、电源线、网线、鼠标线都一丝不苟地弄好，看着旁边小吴桌前摆着的一盆仙人球和一盆绿萝，姜瑶琢磨着等发了工资自己也买上几盆，听说仙人球还防辐射呢。

想到防辐射，姜瑶低着头笑了。

真没想到自己有一天居然还会有这种困扰。

姜瑶对着美好的未来浮想联翩的时候，面前的座机响了。

周连年坐在办公桌前，一抬头就能到姜瑶的侧脸，那人听到电话响，还傻乎乎地四下看了看，末了耳朵又凑近座机听了听，良久，才小心地接了电话。

傻乎乎的。

“喂，你好。”

姜瑶有点儿紧张。

周连年笑了笑，“来我办公室一趟。”

“你是？”

周连年又气又笑，“你往左看。”

姜瑶这才迷茫地往左看了一眼，视线定格在周连年的脸上，那人举着电话，朝她招了招手。

姜瑶愣了愣，继而红了脸，一溜儿小跑地进了周连年办公室。

对面的同事“惊喜”地发现，新来的小妹妹接了个电话就跑进周总办公室，嗯，没敲门。

姜瑶关好办公室的门，劫后余生般地拍了拍胸口，又朝周连年嘟囔。

“吓死我了，我说我怎么刚来上班就有人给我打电话。”

“感觉怎么样？”周连年问她。

“我这不刚坐下嘛，你就给我打电话了，”姜瑶顿了顿，又说，“而且我的位置也太吓人了，你一抬眼就能看到我，完全没有个人隐私。”

周连年笑了，“防止你开小差，不好好工作。”

“……”

“行了，阳台上的花你随便挑两个过去吧，我看你老盯着小吴桌子上的看。”

“我什么时候盯着人家的花看了……”

姜瑶嘟囔了两句，有些不好意思。

最后还是挑了两盆仙人掌，都是开的黄花，明亮亮的颜色，煞是好看，姜瑶把其中一盆放到周连年桌上，唠叨了一句“防辐射”，自己抱着另一盆走了。

小吴把单反里姜瑶的照片导出来，自己留在行政部，让同事帮忙做工号牌。

存档照片的同事叫袁鹏，收到姜瑶的照片后，不知道是手滑还是别的什么原因，居然一下子就发到大群里去了。

小吴看到消息的时候，群里的信息已经被刷了几百条，袁鹏刚打完电话，问小吴。

“静姐，你刚刚说新同事要办……”

“撤撤撤，”小吴慌了，“你把照片发到公司大群去了，快看能不能撤回来。”

“什么嘛，”袁鹏看了看大群，问小吴，“大家都圈我干吗？什么我的女朋友？”

“被你害惨了，起开！”

小吴把袁鹏从电脑跟前挤走，翻回之前发的照片，撤销的时候早就过了，小吴于是就着他的账号，赶紧发了条消息。

【行政部】袁鹏：不好意思，刚刚给新同事照片存档，手滑发到群里了，大家散了吧。

【财务部】燕了：哇，新同事好漂亮【流口水】【流口水】

【运营部】大壮乔：求妹子加群！

【新媒体】老葛：求妹子加群！ +1

【新媒体】苏念：求妹子加群！ +2

【互联网】小方：求妹子加群！ +1234567

…………

群里正吵得不可开交，袁鹏的座机响了。

挂了电话 ，袁鹏看着小吴欲哭无泪。

“静姐，你得救我，这个时候靳总找我做什么？”

小吴在胸口划了个十字又双手合十。

“我都自身难保，阿门。”

回到自己的办公位，姜瑶举着盆仙人掌朝小吴开心地笑，说，“静姐你看，好看吗？”

小吴虚弱地点了点头，还没等自己酝酿出一句“你更好看”，周连年的电话又打来了。

“一会儿让袁鹏来我办公室。”

从办公室出来后，袁鹏都有些怀疑人生了，靳总都给他挑了些什么毛病，衣服搭配得不好，头发剪得太短，脸上居然还长痘，这能赖他吗，他想长痘吗？末了又冷言冷语地敲打他，手滑这毛病不好，得改。

袁鹏便是了然，归根结底还是那张照片惹的祸。

正想着回去喝杯冰可乐冷静一下，小吴面如死灰地朝他招了招手。

“袁鹏，周总有请。”

因为手滑引发的一场血案啊。

好在袁鹏进了办公室后，周连年头也没抬，只是漫不经心地说了句。

“以后工作细致点儿，不要再出现‘手滑’这种现象，”顿了顿，又说，“回去工作吧。”

袁鹏如临大赦，出来的时候被空调一吹有点儿冷，这才察觉自己居然出了一身汗。

回到工位赶紧给小吴发了条信息，问她，“静姐，什么情况啊，以前有新同事来了，我们偶尔也发到群里啊，就认识一下也不行吗？”

小吴趴在工位上挺尸，没敢回。

开玩笑，上面俩领导都盯着呢，这要是稍微传出点儿姜瑶的流言蜚语，第一个被揪出来的可不就是她嘛。

正想着，电话铃声又响了，小吴看了看姜瑶，扬了扬下巴，说了句。

“你的。”

姜瑶这才接起来，小声地“喂”了一声。

“来我办公室。”

姜瑶怔了怔，转过头看了看周连年，那人低着头看文件，没有拿电话，姜瑶学乖了，客气地说了句。

“请问，您是哪个领导？”

电话那端的人急了，举着电话嚷嚷，“我都听不出来！你是不是傻？！”

姜瑶闭了闭眼，把电话稍稍地拿远了些，小吴探过头看了一眼分机号，用口型说了句“靳总。”

姜瑶忙点点头，朝小吴比了个 OK 的手势，这才对着电话连说了一连串“好好好”，噌地挂断了电话。

临走前，对着小吴抱怨了一句。

“当助理太痛苦了。”

小吴泪流满面，表示你说什么都对。

姜瑶去了靳郁杭办公室的时候，那个人正在打电话，看到姜瑶进来，靳郁杭凶巴巴地问了她一句。

“你穿多大的鞋？”

“36……”姜瑶下意识地回答。

靳郁杭又对着电话，说了句，“36 码的，就在写字楼对面是吗，那赶紧过来。”

两个人大眼瞪小眼，看了好一会儿，姜瑶才硬着头皮问靳郁杭。

“靳总，是有什么事儿吗？”

靳郁杭哼了哼，从抽屉里拿了个章和印泥，又把面前的一堆合同推了推。

“把这些合同盖好章，去沙发那边盖。”

“哦。”

没过一会儿，有人敲靳郁杭的办公室门，靳郁杭也没让人进来，自己走到办公室门口，说了几句什么，这才拿了个袋子，关上办公室的门。

“给你的，”靳郁杭把东西扔到姜瑶身边，又听那人嚷嚷，“现在换上。”

什么嘛。

原来是一双运动鞋。

“可是靳总……”姜瑶想站起来。

“你给我坐着！”靳郁杭气得直想骂娘，“自己多高不知道吗，还穿高跟鞋，快，你现在就给我换！”

原来是因为这个生气。

姜瑶撇了撇嘴，把运动鞋拿出来换上，又小声嘟囔。

“早上跟周连年一起走，也没觉得自己高啊。”

靳郁杭没听清，盯着姜瑶换鞋的时候，郁闷地问她。

“你到底吃什么了啊长得这么高。”

遗传吧。

换好运动鞋后，靳郁杭这才走到姜瑶面前，确定自己确实是比她高半个头之后，嘴巴一咧，笑了。

胳膊一伸，又搭上姜瑶的肩，偏过头看了看姜瑶的脸，似笑非笑。

“小饼干，周连年是我的，你，知道吧？”

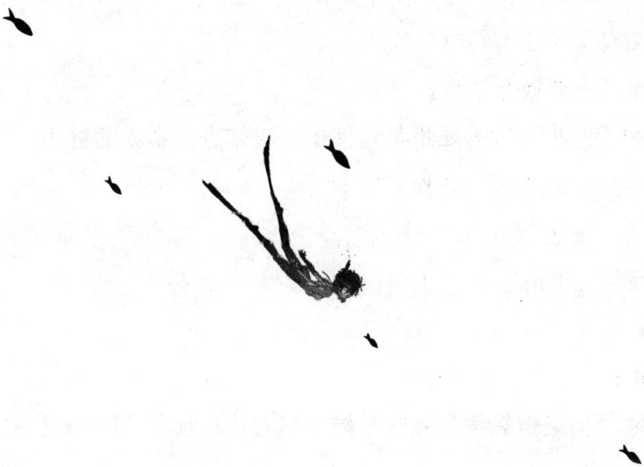

Did you pick up my heart

chapter 17

姜瑶再也没收到林骆回复，待到林骆联系她的时候，她在连华科技已经被靳郁杭摧残了将近一个月。

除了日常找碴儿，说她午饭买的不好吃、热水太烫、温水没味道、冰水太冷之外，还有业务上的琐碎，合同要盖章、走线上线下流程、记会议记录、传达命令等，现在居然嫌弃她不会开车！

她才刚满十八岁！

身份证也刚办下来还不到两个月！

考驾驶证难道不要钱吗？！

姜瑶愤愤地，归根结底，还不是靳郁杭在对她进行私人的打击报复。

该死。

什么叫周连年是他的？

卖给他了？

开玩笑。

絮絮叨叨地跟小吴抱怨考驾照的时候，那人补着妆留给她一张震惊脸。

“啊咧，你不知道吗？我考驾照是公司给交的钱，毕竟我们是助理嘛，大多数时候都要给领导当司机。”

“……”

为什么不早说？！

姜瑶写了申请，又怕靳郁杭不给签字，偷偷地跑去让周连年给签，周连年刚签完，就被靳郁杭撞见了，那人气呼呼地，夺了姜瑶的申请，骂骂咧咧地又在周连年的签名后签了一个才甩给她，姜瑶吐了吐舌头，悄悄地在心里骂了一句“花孔雀”，这才把申请递给了财务，等钱打下来后，马不停蹄地跑去最近的驾校报名了。

报完名，姜瑶又拿着身份证去办了张银行卡，拿着新鲜出炉的建行卡，姜瑶激动地给周连年发了张银行卡照片。

“我办好银行卡了，自己来办的，填了信息后马上就领了一张卡，我还开了网银！”

想了想又觉得不能表达自己的心情，姜瑶又忙补了一句。

“我现在有两张卡片了！哦不，三张！我还有张地铁卡！”

发完信息，也没等周连年回消息，喜滋滋地收了手机，坐上公交车，又把银行卡拿出来摩挲了一遍。

周连年连续两周都没回去了，说是家里有点儿事，最近就一直住在爸妈那里。

他好像从来就没有主动说起过他的父母，反倒是后来姜瑶挺感兴趣，周连年便把他父母是大学教授的事说了，惊得姜瑶一愣一愣的。

她向来对学历、家世这些看得很重，知道周连年出生在书香门第之后，多少就对周连年的父母产生了敬畏，一想起来就问周连年，他的父母会不会突然过来查岗，生怕自己会被发现。

姜瑶觉得自己应该早点儿把搬家的事情提上日程了。

姜瑶琢磨了一路，下了公交车回家，刚走到公寓楼门口，就看到林骆低着头靠着一楼大厅的墙站着。

姜瑶愣了愣，这才想起自己已经好久都没见到他了。

“林骆。”

忍不住朝那人喊了一声，姜瑶笑了笑，跑过去。

“怎么没给我打电话呢？”

姜瑶嗔怪着问道，努力将这些天毫无联系的空白抹去，姜瑶又笑着搭上了林骆的肩。

林骆身形一僵，这微妙的动作让姜瑶瞬间无措起来，几乎是下意识地，姜瑶松开了林骆的肩膀，尴尬地抓了抓头发。

“我过几天就要走了，年底可能才回来，就想来跟你道个别。”

“这么快啊，学校在哪里，骆主任他们送你去吗？”

林骆笑了笑，下意识地抬起头想摸姜瑶的头，末了也不知想到什么，又僵硬地收回手。

“他们没时间，再说我都多大了。”

努力将眼底的酸涩感咽下，姜瑶又朝着林骆笑了笑。

“你去上学的时候，要注意安全，我觉得……”

“瑶瑶，”林骆突然打断了姜瑶的话，“江临大学这几天开学，我带你去看看吧。”

说着，不等姜瑶反应过来，林骆便拉起姜瑶的胳膊，不由分说地往外走。

一路上，姜瑶都没敢跟林骆说话，她总觉得林骆身上发生了什么，只是不敢问，林骆对她的疏离感刚才那一刻表现的格外明显，她生怕自己一不小心，连这份疏离都打破，自己跟林骆，就彻底没有了交集。

大学校园并没有让姜瑶格外感兴趣的地方，约莫是因着开学季的缘故，学校门口热闹了许多，多是些家长来送孩子上学，有学长学姐站在学校门口负责迎新，看到姜瑶和林骆，热情地走过来，问他们需不需要帮忙，尴尬地拒绝后，林骆才带着姜瑶往校园里走去。

“我要去帝都上大学，那里的学校约莫也跟这里一样，带你来这里走一走，就当参观了我们学校了。”

良久，林骆才开口说道。

两个人走得不疾不徐，姜瑶的脑袋乱乱的，林骆的话她一个字都听不进去。

明明不久前，林骆还天天去医院看她，给她带吃的，讲听来的笑话，还说等她好了带她去饶水。

现在，全都不作数了吗？

“我们……”

姜瑶刚想对林骆说些什么，手机铃声打断了她的话，拿出手机一看，是周连年的电话。

“喂。”

****

周连年收到姜瑶发的银行卡照片的时候，他正在跟自己的相亲对象吃西餐。

整整推迟了将近一个月的相亲会，靳郁杭终于躲不过去了。

海外镀金回来的叶湘云女士此刻拿着红酒杯优雅地晃了晃，每人一份五分熟的菲力牛排搭配了鹅肝和一小碟鱼子酱，对面的男人却一直漫不经心地吃着蔬菜沙拉，大提琴手技艺高超，琴声像是从很远的地方传来，时而低沉舒缓，时而婉转悠扬。

“连年，”叶湘云举了举手里的红酒杯，盯着周连年的眼睛，“希望你还记得我。”

周连年笑了笑，也举起酒杯同她的碰了碰。

“确实忘了。”

叶湘云的眼睛里闪过一丝尴尬，也仅仅是那一丝，随即便一闪而逝了。

“也没关系，现在认识也不晚。”

“叶小姐，”周连年抿了抿嘴，想着自己怎样才能直白而不失风度地离开这个场合，“老实说，我母亲说聚餐的时候，我以为是两家人，没想到是单独和您。”

"所以你很意外？"

"我很遗憾，"周连年把手里的刀叉放好，又用餐巾轻轻地擦了擦嘴角，这才道，"我并没有想找女朋友。"

叶湘云笑了，"我也没有马上要求你做我的男朋友。"

周连年耸了耸肩，笑了笑，"马上不行，以后或许也不可能。"

"只是'或许'不是吗？"女人摇了摇头，又笑了，精致的妆容下难以掩盖的骄傲，"你要是觉得太快，我们可以从朋友做起。"

"……"女人固执起来也当真可怕。

周连年不能喝酒。

他最开始喝了一杯，刚开始还觉得没事，许是红酒后劲儿太大，这会儿居然有些微醺了，就着这股劲儿，周连年开始和叶湘云较起真儿来。

"我有喜欢的人了。"

叶湘云愣了愣，似乎是有些意料之外，半晌，才看着周连年，道。

"那也是单方面的喜欢，没有确立关系，不是吗？"

神经病。

周连年难得腹诽了一句，想着靳郁杭那个王八蛋，以往专注破坏他的感情生活，这会儿到了关键时刻掉链子了。

拿过手机想给靳郁杭打电话，看到姜瑶的微信，翻了翻，没有犹豫，便拨通了姜瑶的电话。

电话很快被接通，叶湘云注意到，面前对自己漫不经心的男人，此刻的脸上居然满是温柔之色。

"刚收到你的微信，办的顺利吗？"周连年慢吞吞地开口。

不能不顺利啊。

姜瑶絮絮叨叨，从自己一进银行大厅就有服务人员过来接待说起，到最后客气地送她出门结束，末了想起什么，又说自己报好了驾校，准备看几套题就去考科目一，周连年一直耐心地听着，时不时地插一句，声音格外温柔。

姜瑶总觉得今天的周连年和以往的不一样。

“你今天是不是还不回来？”姜瑶小心翼翼地问了一句。

周连年笑了，这期间他看了叶湘云一眼，眼神中带了些得意，又带着些挑衅，把母亲一再强调的“尊重”忽略个彻底。

“回，我马上就走，你在家吗？”

“我在江临大学……”

“什么？！”

“……”

挂断电话，周连年揉了揉眉心，看到叶湘云已经放下了刀叉，问她。

“吃好了？”

叶湘云耸了耸肩，又点点头，问他。

“打电话的，是你喜欢的人吗？”

周连年喊了服务生埋单，递过卡之后才又摇摇头。

“不是。”

不可能的，叶湘云怔了怔，分明是哪里不对，周连年刚刚忽而温柔忽而紧张的模样，不像是装出来的。

“叶小姐，我会跟我父母说清楚的，让你们误会，我很抱歉，”顿了顿，周连年又道，“我有点儿事，要回去一趟，那我……”

“没关系，”叶湘云眼神含笑，拿着包顺势站起来，“反正我也是回学校找我父母，一起走吧。”

“……”

叶湘云大约是真的对周连年喜欢的人感兴趣，一直絮絮叨叨地，听得周连年频频皱眉。

“改天带我去见见她吧，”叶湘云终于说到正题上，笑了笑，“看她到底有哪里，胜过我的地方。”

原以为周连年会被激怒，然后拒绝，她也会打心底里觉得，就算是有喜欢的人，那个人多半也是不如自己的，既然不如她，她就有足够的自信把他抢过来。

她不信周连年不记得她，年幼的交情，哪怕算不得青梅竹马，他也总归有印象。

周连年不平凡，她叶湘云，也自然不普通。

周连年却笑了，看着叶湘云，眼睛一眨一眨的，一张脸上是藏不住的得意劲儿。

“胜过你的地方……”周连年声音呢喃，想罢又是笑，“还挺多的。”

叶湘云快气死了。

真的，哪怕是拒绝呢？

她怎么以前不知道周连年这么贱呢。

她是书香门第，在国外名牌大学留学，认识她的人都夸她漂亮又是高学历，琴棋书画样样不差，这样的她，会输吗？

周连年坐在叶湘云一旁，抱着胳膊低着头，弯着嘴角，控制不住地，一直想笑。

明明知道这样做不对，可是心底里还是残存着一丝不易觉察的期待，万一呢，这个念头借着红酒的后劲儿出来，周连年吓了一大跳，可万一什么，他居然不敢往下想了。

出租车停在学校门口。

周连年下了车，站在校门口略有些惆怅地看了来来往往的学生，认命地拿出手机要给姜瑶打电话，一回头看到叶湘云还没往学校公寓方向走，愣了愣，问。

“你不回去吗？”

那人就笑，“我在这儿站会儿，你不是有朋友嘛，我也认识一下。”

“哎你这人……”

“周连年——”

周连年刚想跟叶湘云掰扯掰扯，远远地就听见有人喊自己的名字，定睛一看，果然看到姜瑶隔着人流，一边笑一边朝自己招手。

兴许是这段时间姜瑶的伙食好，在公司上班也没什么压力，姜瑶整个人不像以前那么瘦瘦巴巴的，脸上也终于有了些肉，整个人看起来水灵灵的，生动了许多。

姜瑶见周连年已经看到她了，隔着老远就往他面前跑，周连年就看到她两条细长细长的腿，倒腾得还挺快，待那人跑到他面前，又急急地拽住他的胳膊刹了车，周连年这才看到她额上的薄汗，又从口袋里掏出纸巾，递给她让她擦，这才说。

“着什么急，人这么多，慢慢走多好。”

“我怕你等急了，”姜瑶笑，又从口袋里掏出银行卡，“你看。”

银行卡有什么好看的，叶湘云轻嗤了一声，看了看姜瑶的脸，又看了看她的腿，想着还好自己穿的是高跟鞋，这才走到姜瑶面前，偏过头看周连年。

“连年，介绍一下吧。”

“啊，”姜瑶愣了愣，眼巴巴地看着周连年，“你不是来接我的啊。”

“废话，”周连年皱了皱眉，又摸了摸她的头，笑了，“你自己大老远跑过来还有理了。”

两个人完全没把叶湘云放在眼里。

叶湘云被气笑了，向前一步挡在周连年和姜瑶面前，又朝姜瑶伸出手。

“你好，我叫叶湘云，是周连年的朋友。”

姜瑶直觉眼前的人不太友好，当下收敛了表情，又伸出手，快速地捏了捏叶湘云的指尖。

叶湘云不在乎姜瑶的态度，看她的年纪约莫也才十八九岁的模样，说不定是大一新生，跟周连年还有什么亲戚关系，不然周连年也不可能跟女孩儿这么亲密。

当下，叶湘云又笑了笑，问，“你是大一新生吗？”

姜瑶胡乱地摇了摇头，又求助似的看向周连年，那人这才耸了耸肩，拉过她的胳膊。

“走吧。”

说着再不看叶湘云一眼，拉着姜瑶就走了。

叶湘云几乎是有些目瞪口呆地看着两个人的背影，在原地来回转了好几圈，掐着腰想冲着那背影说些什么，却忽而又笑了。

真是又气笑了。

有点儿意思。

回家的路上，姜瑶和周连年坐在出租车里，两个人谁也没说话，气氛一时间还有些尴尬。

我周连年咳嗽了一声，问姜瑶。

“你不是说你跟林骆一起去学校的吗，林骆呢？”

“提前回去了。”姜瑶垂下头，眸子又暗了暗。

周连年叹了一口气。

“我是在想，如果你不想复读的话，可以用自考的方式上大学，你才十八岁，人生中必要经历的几个阶段，我还是希望你能亲身去感受一下。”

“我学习不好，”姜瑶摇了摇头，又红着眼圈看他，“也不喜欢上学，是不是你们公司不要我了啊。”

周连年一看孩子要哭，立刻手忙脚乱起来，摸了摸口袋，拿出最后一张纸巾，递给她。

“你别哭啊，谁说公司不要你了，我抽他！”

周连年是真的不知道怎么办才好，靳郁杭抽抽搭搭地，他踹两脚就好了，可姜瑶不一样，她鲜少哭鼻子，这会儿也只是红了眼眶，周连年的恐吓起不了半分作用。

姜瑶破涕为笑，又问周连年。

“你是不是跟刚刚那个人相亲去了？”

周连年愣了愣，点了点头。

“你会跟她结婚吗？”

“……”

姜瑶没等来周连年的回答，她偏过头看了看周连年，那人嘴角噙着笑，像是在思考这件事情发生的可能性，良久，就在姜瑶快要放弃听他的回答的时候，那人突然伸出手拍了拍她的肩，说。

“不会。”

有什么用呢？

即使不是这个女人，旁人也会为他介绍更多的甲乙丙丁，周连年迟早会在这些人中选出一个他爱的人来度过余生，显而易见，她不在这被选择人群之中。

可是她真的好喜欢周连年啊。

从十岁到十八岁，她甚至觉得自己对周连年有一种近乎病态的依赖感，这种感觉让她沉溺其中，且无法自拔。

时间越往后，“周连年”这个名字，近乎成了姜瑶的个人信仰，旁人触碰不得。

她崇拜他。

依赖他。

信任他。

且深爱他。

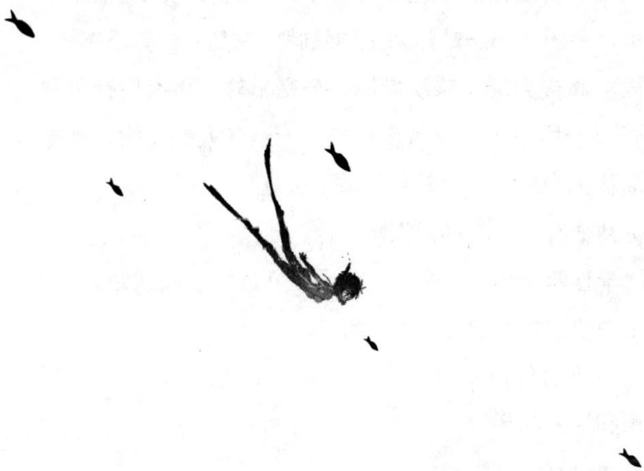

Did you pick up my heart

chapter 18

林骆去帝都上学的那天，姜瑶一个人去高铁站买了去饶水的高铁票。

去饶水的人很少，姜瑶坐在靠窗的位置上，眼睛盯着窗外的景象，看着他们飞速从眼前掠过，全然没有半分熟悉的感觉。

如林骆所说，果然只用了半个小时，一分不差。

从高铁站出来，姜瑶茫然地走到公交车站，随着人流坐上了一辆陌生的公交车，妄图从那一站站陌生的站牌中找到一丝熟悉感。

同江临一般的高楼大厦，鳞次栉比，公交车外，路人们行色匆匆，公交车经过了一所中学，一条步行街，一座名人植物园，整整二十四站，姜瑶从头坐到尾，一站都没敢下去。

这城市陌生到她看每个人都像人贩子。

公交车来回车程两个小时，姜瑶才终于重新回到了高铁站。

她去高铁站旁边的特产店看了看。

饶水特产，各色的包装精美的小鱼干和各式糕点，还有姜瑶叫不出名字的糍粑和果脯糖果。

好像，从来都没有吃过。

姜瑶两手空空地，重又买了票，回到了江临。

比起饶水，好像这个城市要对她友善太多。

周连年回家后发现她不在家，又看了她的手机定位，特意开车来高铁站接她。

自福利院那次事件发生之后，周连年就把姜瑶和自己的手机换成了同一个 ID，她带着手机去到了哪里，那人查看手机定位就能知道。

坐在周连年的车里，姜瑶才重新觉得如释重负，初入饶水的不安和局促被一扫而光，她这才发现，能够给她安全感的不是某个城市，而是实实在在的，周连年这个人。

也就只有周连年。

后来林所长终于拿着三千块钱来找她，说江思她们在看守所待了一个月，回去后死活都不把钱拿出来，怎么打骂教育都没用，最后还是院长声泪俱下地说要把她们赶出去，她们这才吓得把钱交了出来。

姜瑶揣着钱，再也没想过要去饶水找自己的亲生父母。

那个城市陌生的气息像一张巨大的喘不过气的网，将她整个人罩在其中，喘息不得。

家乡的气息，不该是这样的。

天气渐渐转冷的时候，周连年开始频繁地回父母的住处，有一段时间，姜瑶只能在公司看到他，还因为各种琐事，他们 天能说上话的时间都少得可怜。

他开始频繁地接受父母给他安排的相亲，说也奇怪，每次姜瑶问他会不会跟当下相亲的女人结婚，他都会摇头，郑重其事地说一声“不会”。

约莫是他眼光太高了。

每每想到这里，姜瑶就会忧伤一阵子。

圣诞节那天星期五，姜瑶刚到公司，小吴就神秘兮兮地喊她去了茶水间，问。

“下午要去哪里约会吗？”

“什么啊，”姜瑶有些摸不着头脑，“跟谁约会啊？”

小吴朝姜瑶眨了眨眼，又拍了拍自己胸口，做出一个“我什么都懂但是我什么都不会说”的表情，搞得姜瑶又是一脸茫然。

“好啦，不逗你了，”笑了笑，又拿出化妆包补妆，“我下午要去相亲，一会儿把事情做完就走了。”

“啊，下午有例会，你要请假吗？”

“下午周总给放了半天假啊，”小吴愣了愣，又问姜瑶，“你不知道吗？”

姜瑶摇了摇头，有点儿郁闷，“什么时候通知的啊？”

“公司大群，你是不是又没看消息？”

难怪，姜瑶点了点头，又笑了，说。

“那你好好相亲哈，争取早点儿把自己嫁出去。”

“承你吉言了，”小吴笑了笑，补完口红，看姜瑶要走，又急忙抓住她的胳膊，“正事儿还没做呢，你先别走。”

“怎么了？”

小吴神秘地朝姜瑶笑了笑。

“不管怎么样，放假都是个开心的时刻，你先坐下别动。”

原来是要给她化妆。

直觉是要拒绝，可看到小吴格外真诚的模样，姜瑶又不好开口，只得小声说了句“别化太浓”，僵着一张脸听之任之了。

小吴总是告诫她，女人过了十八岁就要好好保养，学会化妆，不然就不足以称之为一个合格的女人，后来看姜瑶不为所动，索性又拉着姜瑶去买了些护肤品和化妆品，姜瑶看到自己银行卡的钱唰唰唰地往下掉，就再也不敢和小吴一起逛街了。

后来周连年也提回来过几次护肤品，说是在商场买东西搭赠的，看她梳妆台东西太少了就拿回来了。姜瑶就没在意，往往有什么就用什么，有一段时间自己经常熬夜，起来一看皮肤还是白里透红的，想了想，又查了下周连年买回来的护肤品牌子，惊得又是一身汗。

小吴一边给她化妆一边念叨。

“同样是女人，你说你，怎么就给我们那么长脸呢。”

“……”

对着姜瑶的脸，小吴果真是无从下手，姜瑶的皮肤底子好，连粉底都用不上，她用的粉底色号往姜瑶脸上一涂，一准儿一个黑。小吴叹了口气，就只给姜瑶上了下隔离，对着眉毛、眼睛和唇微微地化了化，又是叹气。

连修容都不用，真让人羡慕。

姜瑶照了照镜子，有些迟疑地小吴。

“静姐，你给我化成这样，是不是显得太冷清了？”

“别，”小吴伸出两只胳膊在自己胸前比了个叉，“你不笑的时候就是这样的，我就给你勾了眉形，化了条内眼线，还擦了个唇膏，连睫毛膏都没给你涂，你不信，自己对着镜子笑一个看看。”

姜瑶扯了扯嘴角，看到镜子里和自己如出一辙的表情，这才放了心，跟着小吴一块儿出去了。

靳郁杭老觉得今天的姜瑶哪里不对，他低头看了下那人的脚，穿的平底的短靴，没问题，着装也还行，头发长点儿就长点儿，绑了个低马尾好歹也没影响工作，就是这张脸……

也没问题啊。

靳郁杭有点儿郁闷，他觉得姜瑶今天顶不对劲，想挑她的刺，可这人从进来后一直安静地站在旁边等他签字，他反复打量了她半天，都没想到要挑她哪里的刺。

轻咳了一声，把手里签好的资料递过去，又喊她泡杯茶进来。

姜瑶扯着嘴角，尽量诚恳而温和地说了声，“好的，靳总。”

靳郁杭可算知道哪里不对劲了。

以往姜瑶安静的模样都是冷冷清清的，虽然带着一股子“生人勿近”疏离，但是和人对视的时候也是格外乖巧的，今天不知道受了什么刺激，全程扯着嘴角笑，还是皮笑肉不笑那种，看得靳郁杭心里凉飕飕的。

“你给我站住！”

姜瑶正要开门，听到靳郁杭在自己身后吼了一嗓子，转过身想说什么，突然想到自己的脸，又扯了扯嘴角。

“怎么了，靳总？”

靳郁杭快被气死了。

几步从办公桌前出来，走到姜瑶面前，伸出两只手捏着姜瑶的脸颊往两边扯，咬着牙嚷嚷。

“你是不是鬼上身了，老冲我冷笑什么……欸？”靳郁杭这才看到姜瑶的眉，淡淡的棕色，眉尾是往下走的，这会儿姜瑶不笑了，倒是那么一丝低眉顺眼的温和来，“你化妆了？”

靳郁杭愣了愣，又抽回自己的手看了看，生怕自己摸上什么不洁的东西，可手上干干净净，再捏过姜瑶的脸，白白净净的，什么都没有。

“对啊，”姜瑶没想到会被靳郁杭看出来，眼睛亮了亮，指了指自己的眉毛，“静姐给我画了眉，还有这里，”姜瑶掰着自己的上眼皮又给靳郁杭看，“还有这里，画了一条线，不掰开看不出来的……”

“我求你闭嘴吧快，你别把自己掰瞎了……”

周连年推门进来的时候，正好看到靳郁杭张牙舞爪地捏着姜瑶的脸不知道在说什么，姜瑶笑得眼睛眯成一条线，一边笑还一边对靳郁杭做鬼脸。

“闹什么呢？！”

周连年吼了一声，冷下脸，看着靳郁杭和姜瑶一脸严肃。

“姜瑶她化妆！”

靳郁杭跺了跺脚，听到周连年的话，有些生气，又有些委屈。

姜瑶没有 get 到周连年此时的心情，见靳郁杭不说话了，忙走到周连年面前，一脸欣喜地看着他。

“你看我的眉毛，还有眼线，”姜瑶又掰开上眼皮给周连年展示了一遍，又眼巴巴地看着周连年，问，“好看吗？”

“好看个鬼，”靳郁杭闷闷地，又瞅了周连年一眼，“反正我觉得……”

“好看。”

周连年点点头，一脸肯定地表示同意。

“真的啊，”姜瑶的眼睛亮了亮，末了想到什么，又郁闷地道，“可是我觉得我不笑的时候太僵了，跟块冰似的，我就老朝靳总笑，靳总还说我……”

这也行？！

还来告状的？！

靳郁杭看到周连年投射过来的目光，忙举手投降。

“我可没说她，你是没看到，她皮笑肉不笑的样子有多吓人。”

周连年就笑，摸了摸姜瑶的头，又说。

“你看，她没说你。”

靳郁杭：……

周连年来靳郁杭办公室也没什么正事，之前听小吴说姜瑶一直待在靳总办公室，估计又是在训话，这才来看看，眼见着靳郁杭这边也没什么事了，就带着姜瑶一起出去了。

姜瑶要关办公室门的时候，抬头看了靳郁杭一眼，那人冷着脸，朝姜瑶做了个抹脖子的动作，姜瑶朝那人摊了摊手，又伸手指了指靳郁杭的后背，用唇形朝靳郁杭说了两个字。

我的。

周连年，是她的。

靳郁杭看到门口高挑儿的女孩儿嘴巴一张一合，唇形发出来的音节清晰无比，他觉得自己的玻璃心哗啦啦一声，摔得粉碎。

太气人了。

中午外面毫无预兆地飘起来雪。

公司里的人都走得三三两两，听到下雪的消息后，剩下的人也都坐不住，一个接一个都跑到外面看雪去了。

江临不常下雪，姜瑶也不大有看雪的印象，这会儿看办公室就只剩自己一个人，也按捺不住，兴奋地要往外跑，坐在办公室的周连年抬头看了姜瑶一眼，赶忙拨了姜瑶桌前的分机。

姜瑶对周连年的分机号早就烂熟于心，这会儿看到是他的电话，因为心里记挂着看雪，电话也不接了，飞快地跑到周连年办公室，一推门就开始喊。

“下雪了，你不出去看看吗？”

周连年头也不抬，“下午不上班，你回去收拾下东西。”

姜瑶愣了愣，问，“去哪儿啊？”

周连年终于放下笔，抬头看了看姜瑶，又笑。

“圣诞节嘛，出去看雪。”

姜瑶不知道圣诞节和看雪有什么关系，周连年既然这么说了，还愿意跟她一起，她自然乐得高兴，回到办公位穿了外套，又把桌前的资料整整齐齐地摆好，关好电脑后，准备喊周连年的时候，那人已经穿好外套从办公室出来了。

“走吧。”

姜瑶穿了个枣红色的小斗篷，一笑的时候愈加唇红齿白，周连年手里还拿着条黑色的围巾，走过去顺手就给姜瑶裹在了脖子上，姜瑶的脸红了红，又嘟囔。

“配不配啊，我这是新买的外套……”

周连年满意地看到姜瑶半张脸都裹在围巾里，笑了笑。

“好看。”

“哼！”

靳郁杭抱着大衣拿着车钥匙从他们面前经过，重重地哼了一声。

姜瑶这才想起公司还有靳少这尊大佛，看着那人孤单的背影，姜瑶又有些不忍。

虽然她挺想和周连年单独在一起的，可现实情况是，毕竟是因为她的出现，周连年和靳郁杭独处的时间少了很多，公司里的流言蜚语她多少也听说了一些，虽然靳郁杭一直表现出他对周连年的过分“喜欢”多少有开玩笑的成分，可是剥去玩笑的成分，她还是能看到靳郁杭那颗小心翼翼的真心。

虽然她不了解靳郁杭的经历，可是姜瑶就是觉得，她和靳郁杭分明就是一类人。

一样的小心翼翼，在自己在乎的人面前，说什么做什么，都如履薄冰。

“靳总，要不……”

姜瑶试图客气而礼貌地说点儿什么，谁知道那人顿了顿，突然转过脸来恶狠狠地盯着她。

“别以为跟我道歉还邀请我，我就能跟你们一起去了，要不是看在周连年的面子上，我才不会跟你这块儿小饼干一起玩儿呢！”

姜瑶：……

他们是一类人的话，当她没说好了。

靳郁杭按了电梯，隔了好久都没听到动静，又是凭空嚎了一嗓子。

“快点儿！电梯下来了！”

…………

雪越下越大了。

出了写字楼，广场前已经积起了一层薄薄的雪，姜瑶兴奋地跑了一路，又蹲下在地上捧了一层薄薄的雪，小心地捏成一个小小的球，愣了愣，这才攥着雪球跑到周连年面前。

“你看，居然真的能团雪球！我以前看电视上做雪人还以为要用什么胶水粘上……”

“幼稚。”

靳郁杭哼了哼，随手抚了一把雪朝姜瑶的脸扬了过去。

…………

“找死！”

姜瑶大喝一声，看到靳郁杭撒腿就跑，一个健步冲过去，一手拽着那人的胳膊，一手扫了把雪，抬手就往靳郁杭的衣领子里灌，靳郁杭被冻得打了个哆嗦，看到姜瑶捂着肚子嘲笑他的模样，又是满脸的怒气。

两个人你来我往，没过一会儿就累得气喘吁吁，打不动了开始互相瞪眼睛，瞪着瞪着就哈哈大笑起来，靳郁杭又朝姜瑶扬了一把雪，想了想自己居然在和一个十八岁的小饼干较劲，又觉得没意思，远远地看到周连年拿着手机不知道在拍什么，搓了搓手，这才噔噔噔地跑到周连年面前。

“在拍照吗？”靳郁杭问，“有我吗？”

周连年随手把手机递给他，又努了努嘴。

“自己看。”

他刚刚随手拍了几张两个人一起打闹照片，取景、角度和模特儿都还不错，周连年自己很满意。

“哎哟不错啊，”靳郁杭看了几张，越看越喜欢，顺手发到自己微信上，又喜滋滋地道，“我发个朋友圈。”

靳郁杭社交软件荒废良久，这会儿突然发博，没有几分钟就收到了不少的点赞和评论，靳少爷喜滋滋地给周连年显摆成果，说。

“快看，我人气高不高。”

周连年抬起头看了一眼，图片一张不落，附了四张，配图文字简明扼要。

“傻。”

于是评论清一色刷了靳郁杭的屏。

“人美景美，恭喜靳少。”

“女朋友？恭喜靳少。”

“女朋友好美！恭喜靳少。”

“恭喜靳少，觅得良配！”

“浪子回头，恭喜靳少！”

“……”

节奏不对，评论扭曲，靳郁杭一下子慌了手脚。

之前光顾着照片好看，忘了姜瑶是个女的了。

靳郁杭下意识地看了周连年一眼，那人盯着自己的手机，不知道在想什么，绝无可能是欣慰的神态，他们俩有共同好友，周连年看到的评论不会比他少。

靳郁杭缩了缩脖子，不知道为什么还有些心虚。原本是想在朋友圈底下评论解释一句，可想了想，又不知道说什么好，干脆一不做二不休，迅速删了照片。

从发布到删除不出五分钟。

靳郁杭又觉得有些心疼，可惜了那几张照片，得不到众人一致夸赞，他长这么好看还有什么意义？

没过一会儿，姜瑶看两个人不动，也跑过来，看了看周连年，问。

“怎么了，我们去外面逛逛吧，别老在这而杵着了。”

靳郁杭看着周连年波澜不惊的脸，越想越心虚，只是这心虚的根源到底在哪里，靳郁杭不敢细想，抓着车钥匙拔腿就往自己的车前跑，一边跑一边道。

“那什么？我爷爷刚给我打电话让我回家吃饭，我先走了啊，你们逛。”

跑得时候脚底打滑，还险些跌倒，靳少爷连滚带爬地起来，直到上了车，后视镜里再也看不到周连年的身影，靳少爷才有些劫后余生地松了口气。

后知后觉，自己又觉得有些懊恼。

跑什么呢，他只是发了个朋友圈，再说评论的话又不是他能控制的，何况别人再怎么评论，跟他周连年又有什么关系啊。

可是还是害怕啊。

他跟着周连年那么长时间，几乎是那人一个眼神靳郁杭就知道他想干什么，刚刚他周身散发出的那种熟悉的气息，分明同他之前忍无可忍揍他的时候一模一样。

太。

太可怕了。

周连年还在想刚才的照片。

他真是多余给靳郁杭看，他朋友圈都是交的一群什么朋友啊，怎么就上传一张和自己同框的照片就成了女朋友啊，猪啊，那这么说自己还和人同居呢，他说什么了？

再看一眼对面热火朝天地吃着火锅的姜瑶，周连年叹了口气。

没心没肺的。

姜瑶抬头看了周连年一眼，那人扒拉着面前的蘸料一筷子都没动，忍不住开口。

“你都不饿吗，还是你不喜欢吃火锅啊。”

周连年点点头，想了想，又揶揄了她一句。

“你快自己吃吧。”

好好地发什么脾气呢，姜瑶想。

姜瑶不喜欢用社交软件，偶尔打开也只是给周连年他们回个消息，自己的朋友圈都没有开通过，更遑论看别人的，以至从公司到火锅店，姜瑶全然不知道发生了什么。

周连年嫌火锅味道重，一口都没吃，自己要了两个菜，两罐啤酒，郁闷地吃了起来。

倒真是有些借酒消愁的感觉。

至于自己从什么时候开始对女孩儿产生别样的情感，周连年是真的一点儿都记不清了，许是日久生情，许是姜瑶面相生得讨巧，恰恰生了自己喜欢的一张脸，以至自己一见钟情。

周连年从来就不觉得年龄差距有什么问题，倘若两个人相爱，再多的差异也能迎刃而解。

只是加诸在周连年和姜瑶这里，他却有些迷茫了。

爱情这种东西太高级了，周连年没有经历过，也参悟不透，更遑论年轻的姜瑶，他怕自己一旦挑明关系，会让姜瑶觉得自己接近她是带着不还好意的企图心，更坏的情况，是姜瑶明知道他有企图心，可因着自己资助她数年的恩情，而不忍拒绝。

他自然对姜瑶有企图心，却又不忍破坏这爱情的高级。

姜瑶看着周连年自己默默地吃菜，心里又有些不是滋味儿，早知道就不来火锅店了，反正她不挑食，之前靳郁杭总爱来这里，她一直以为周连年也喜欢。

失策啊失策。

姜瑶其实没想到，她最大的失策，还是不知道那人不会喝酒。

吃了饭，外面的雪还没有停，姜瑶看到周连年一直揉太阳穴，问他。

“你怎么了，是不是不舒服啊？”

周连年摇了摇头，往前走了一步，胳膊搭在姜瑶肩上，沉声道。

“五楼有个电影院，我们去看电影吧，”说着又低低地笑了，“就当过圣诞节了。”

周连年脸挨着姜瑶的耳垂极近，那人说话时喷出的灼热气息还带着些酒精的气味，姜瑶禁不住红了红脸，磕磕巴巴地说了声“好”。

姜瑶选了个文艺片，两个人找到位置坐好时，周连年似乎也只微醺了刚刚那一下子，现在清醒了些，看了看姜瑶有些发红的脸，又凑过去，问。

“你热吗？”

姜瑶摇了摇头，看到周连年又凑过来，又立刻点了点头，有些尴尬。

“有点儿，暖风挺足的。”

周连年笑了笑，抱着胳膊眯着眼睛看广告。

他对文艺片没什么兴趣，这次反倒是因为姜瑶想看，以至自己多看了几分钟。当然，也仅仅是几分钟，许是多喝了那一罐啤酒，周连年眼睛眨了眨，再眨一眨，终于还是控制不住频频来袭的困意，眼睛一合，偏过头睡着了。

姜瑶也有些心不在焉。

正天南地北胡思乱想的时候，自己肩膀就多了一个毛茸茸的头。

姜瑶愣了愣，微微侧了侧身子，又垂下眼看了下。

周连年闭着眼睛呼吸均匀，偶尔听到放映厅内的动静，睫毛就会轻轻地颤一颤，是确凿睡着的模样。

“周连年。”

姜瑶轻轻了喊了一声。

那人睫毛又颤了颤，没动。

姜瑶便不敢动了，两个小时的电影，姜瑶只依稀记得开始和结局，余下的时间，就只顾着看周连年了。

在她心里，周连年是一等一好看的。

哪怕是拆开了眉眼五官，随便拿出一个跟人家比，都比旁人强了无数倍。

电影快结束的时候，姜瑶才把周连年喊醒，看到那人茫然的模样，姜瑶不禁笑了笑。

“你快睡了两个小时了，电影快散场了，回家睡吧。”

周连年搓了搓脸，还是觉得头有些疼，迷迷糊糊地，像团糨糊。

看着姜瑶笑眯眯的模样，又有些懊恼，他怎么连一点点酒都喝不了呢，太不符合自己的人设了。

电影散场，姜瑶喊了出租车过来接，索性是距离不远，十分钟左右就到家了。

拽着那人的胳膊进了客厅，姜瑶刚反手锁上门，站在前面的周连年转身朝她走了半步，下巴往姜瑶肩膀上一搭，又要睡。

姜瑶愣了愣，刚刚平复的心脏又开始跳。

周连年的胳膊自然下垂，只有下巴搭着自己的肩膀，也算没有逾矩，姜瑶伸出手戳了戳他的背，喊他。

“怎么了？又睡了？”

不至于吧。

姜瑶伸出一只手探了探他的额头，没发烧啊。

就喝了两罐啤酒不至于醉成这样吧？

她以为出了电影院被风一吹就没事了。

姜瑶叹了口气，姑且当他是喝醉了吧。

伸出手圈着周连年的腰往卧室挪，一米八几的大个子要是真杵着不动还真是像座山，幸而周连年多少有些意识，姜瑶圈着他的腰往前走那人倒也配合。

就是扶着那人躺下的时候，姜瑶对自己的认知出了差错。

她原本预定是走到床的侧面，再一拖拽将周连年弄到床上，谁知道意识不清醒的周连年就是座山，姜瑶往床上推他的时候，那人手一抬，顺带就带倒了瘦的跟竹竿似的姜瑶。

两个人都直挺挺地倒在床上,不同的是姜瑶倒在了周连年胸口，顺便将那人砸得闷哼一声。

一秒、两秒、十秒。

姜瑶趴在周连年的胸口没有动。

周连年无意识地稍稍偏了个身，伸出一只手揽过姜瑶的腰，姜瑶的脸贴着周连年的胸口，那人的心跳声就清晰地出现在了姜瑶的耳际。

“周连年。”

姜瑶轻轻地喊了他一声，咬了咬嘴唇。

周连年呼吸均匀，没有回应。

女孩儿缓慢地伸出胳膊，环住了面前男人精瘦的腰，姜瑶告诉自己，只要十秒，只要抱十秒钟就够了，可是男人的怀抱宽阔而温暖，身上是令人迷恋的沐浴露的味道，只有在他怀里，她才能觉得安心和踏实，她舍不得。

她想起自己幼时的那些小心机，每每等周连年过来的时候，就挑一个离他最近的地方打呵欠，直到那人抱起她，语气无奈。

“怎么每次我一来看你，你就这么困啊。”

每次过来都是来看她的吗？

这个发现让她觉得窃喜，于是闭着眼，更紧地环住了他的脖子。

姜瑶轻轻地推开周连年的胳膊，下了床，站在那人身边，看到那人抿紧的唇，喉咙动了动，于是低下头，轻轻地，碰了碰周连年的唇。

“别跟别的女人在一起，行吗？”

待到女孩儿蹑手蹑脚地出了房间，周连年才慢慢睁开眼睛。

酒不醉人。

他的嘴角和胸口还残留着女孩儿的温度，尤其是嘴角，女孩儿的唇湿润柔软，严丝合缝地贴着他，也不过轻轻一秒，可就是这一秒，让他浑身每个细胞都在战栗着，叫嚣着。

说好。

别跟别的女人在一起，行吗？

好。

Did you pick up my heart

chapter 19

周连年"睡"到第二天九点才敢从卧室出来，姜瑶抱着膝盖在客厅看韩剧，听到声音转过脸，眼巴巴地看着周连年落了两滴泪。

"太感人了，这个欧巴为了救她死了。"

周连年两边的嘴角往下降了降，脸上适时地做出悲恸的表情。

"是，太感人了，我也要哭了。"

姜瑶没理他，咬着面巾纸又是泪眼婆娑。

周连年给姜瑶倒了杯水，又切了点儿水果过来，坐在姜瑶身边的时候，那人终于从电视中回到现实，看到周连年一脸坦然地跟她一起看电视，不知怎么，有些心虚。

"你昨天喝醉了。"

姜瑶决定先发制人。

周连年顿了顿，反应过来，立刻适时地做出反应，抿着嘴点了点头，又拿大拇指揉了揉太阳穴，说。

"哎呀，我不能喝酒，喝一口就上头，我是硬撑着才回来的，就记着中间还看了个电影……"

"对，后来我们打车回来的，你一回来就睡着了，"姜瑶淡定地做了最后补充，看到周连年在揉太阳穴，忙站起来，走到沙发背后面，"我给你按，我最擅长按摩。"

"真的假的？"周连年狐疑地问。

"我会用技术征服你的，客人，"末了，姜瑶又补充，"按一次两百块，行吗，客人？"

周连年笑了，"行。"

"……"

靳郁杭打开客厅门进去的时候，就看到这样一幅岁月静好、现世安稳的画面。

姜瑶正在给周连年按肩膀，她以前看书的时候学过，还经常给院长按，穴位找得准，自然童叟无欺，一边按一边问他。

“舒服吗？”

“舒服。”

…………

“啊啊啊啊——你们这对狗男女！”

靳郁杭一把把手里拎着的零食摔到周连年脚前，抓着头发痛心疾首地围着他俩转圈。

“啊啊啊啊周连年你这个禽兽！”

“啊啊啊啊姜瑶你红杏出墙！”

“啊啊啊啊你们俩居然背着我勾搭上了！”

…………

周连年和姜瑶像是被捉奸在床的犯人一样，规规矩矩地坐在沙发前，头也没抬。

自然，是在玩儿手机游戏。

靳郁杭抱着胳膊，原先痛心疾首的表情此刻终于平静下来，一脸冷漠地看着两个人的头顶。

“解释吧。”

姜瑶放下手机，抬起头，“靳总，我……”

“你快闭嘴吧你，小饼干你拍着良心说，我对你怎么样，你这条命是不是我救的，你说你，是不是太过分了点儿？！”

“阿杭，”周连年皱了皱眉，“你这……”

“还有你！”靳郁杭又朝周连年嚷嚷，“小饼干是我的助理，你天天对她勾三搭四的，你口口声声地说我是你兄弟，现在居然跟我抢妹子，你是不是要逼死我？！”

周连年和姜瑶默默地对视了一眼，叹了口气。

戏精本精。

“你们什么时候在一起的？”靳郁杭挤进姜瑶和周连年中间，跷起了二郎腿，“都说说吧。”

“你别闹了……”

“你给我闭嘴！”靳郁杭伸出一只手捂住了周连年的嘴，又用另一只手指了指姜瑶，“你说！”

姜瑶叹了口气。

“我出了院无家可归，周总收留了我……”

“你可闭嘴吧小饼干，”靳郁杭捂着胸口，一副痛心疾首的模样，“我还不知道周连年，世界上无家可归的人那么多，他就单可怜你？”

周连年站起来，活动了下筋骨，两只手交叉握了握，又看向靳郁杭。

“有事吗？”

靳郁杭一想到周连年和姜瑶在一起的模样就一肚子气，当下心一横，也不怕挨揍了，站起来朝周连年嚷嚷。

“我怎么没事，我就是来抓你们这对奸夫淫妇来着，还亏得我早早地过来找你商量……”

欸，等等，好像哪里不对。

靳郁杭的初衷并不是来堵他们的，是真的因为他出了大事了。

当下脸一白，靳郁杭就又闻到了周连年身上要揍人的气息，立刻奔到厨房，找了口平底锅挡在自己脸前，又把自己的手机扔到沙发上。

“你们自己看吧。”

周连年和姜瑶互相看了一眼，忙拿过手机。

“你们也别凑得那么近看啊！”

"……"

整件事情说大不大，说小不小。

无非是昨日中午，在社交工具中消失已久的靳氏集团创始人的孙子靳郁杭，突然在朋友圈发了四张靳郁杭本人和一异性的照片，经知情人证实，这名异性是靳郁杭交往半年的女朋友，也许是出于保护女方的缘故，靳郁杭在po文不到五分钟就迅速将照片删除。

名气越大自然就越受人关注，更何况靳郁杭又是靳氏家族这么庞大集团的继承人。

于是#靳郁杭女朋友#这个话题，经过一晚上的讨论，迅速在微博升温发酵，早上八点更是跃升到热搜榜第一，热度居高不下，转发量达十几万次。

四张照片中，转发量最高的是姜瑶眉目最为清晰的一张。

女孩儿唇红齿白，身形高挑儿，站在靳郁杭面前，不知道在看什么，眉目弯弯，气质清冽，竟不似人间。

照片一出，评论清一色的"神仙小姐姐"，关于靳郁杭的家世，靳郁杭女朋友的扒皮就一直处于话题中心的位置，直到刚刚，有个粉丝从一个名为"东北老铁"的红人直播里，扒出了一个几个月前的直播视频，视频中有个收银员，跟照片里靳郁杭女友的模样如出一辙。

有位赚流量的大V娱八卦发博，称照片里的女孩儿曾经是东北老铁雇用的店员，后因勾搭老板被开除，也不知道用了什么手段搭上了富家少爷，长得好看果然能改变命运。

娱八卦微博一出，立刻就又带了一波节奏，#东北老铁#也迅速上了热搜排行榜。

周连年黑着脸站起来，走到靳郁杭面前，看到那人又举着锅后退了一步。

“你别过来啊，我这不是看到了赶紧过来跟你商量来了嘛。”

“撤热搜。”

靳郁杭把锅放下来，看着周连年颇为无语。

“你就知道撤热搜，我要是真花钱撤了，这不显得此地无银三百两嘛，再说这事儿之后，小饼干就红了，在微博上搞个直播，化化妆，露露脸，再跑去淘宝卖个衣服，总比在公司里做一个月三千块钱的助理要强啊，”再说了，靳郁杭哼了哼，“多少人想跟我传绯闻呢。”

周连年攥了攥拳头，咬着牙看靳郁杭。

“想死是吗？”

靳郁杭缩了缩脖子，就又不敢说话了。

姜瑶觉得看靳郁杭的手机不过瘾，拿自己的手机下载了微博，这会儿正看得如痴如醉。

“好多人夸我呢。”

姜瑶朝周连年举了举自己的手机。

周连年怔了怔，又揉了揉眉心。

孩子缺心眼儿可怎么办。

“就说吧，”靳郁杭也凑到姜瑶身边，“我好多朋友都给我发微信，都夸你好看，还让我把你介绍给他们……”

周连年拎着靳郁杭的后衣领子，又沉声。

“你想怎么解决？”

“发微博澄清，”靳郁杭看周连年脸色阴沉的样子，不敢开玩笑了，“给造谣的那些博主发律师函，热度一过就没事儿了，姜瑶这几天也别出门了。”

姜瑶喜滋滋地存了几张照片，翻到有博主转发的“东北老铁”的视频截图愣了愣。

“我知道这个‘东北老铁’是谁了！”姜瑶喊了一声，拿着手机跑到周连年和靳郁杭面前，“这是我之前在便利店上班时候的老板，姓童，特别喜欢直播的……”

靳郁杭拍了拍胸口，又白了姜瑶一眼。

“吓我一跳，我以为你真的跟这大叔有什么不可告人的关系呢，吓得我提都不敢提。”

“去你的，这大叔是个好人，他要是看到了的话肯定会帮我澄清的。”

“这可说不准。”靳郁杭耸了耸肩。

“……”

与此同时，一个名为“爱吃的胖胖鱼”的网友左看右看，留下了一条评论，不过十秒钟，就迅速淹没在了吃瓜群众的评论大军里。

“这女生长得好像我小学同学啊。”

靳郁杭准备等晚上八点，吃瓜群众都有时间上网的时候再发澄清微博，迫于周连年的淫威，心不甘情不愿在上午十一点准时发博。

“朋友而已，下雪了没见过世面，非要拉着我拍照，朋友圈外人，各位吃瓜群众散了吧。

另，受朋友委托，针对微博大 V@ 娱八卦诽谤朋友一事，已交律师处理，希望每个人都有一颗真诚善良的心，谢谢大家，笔芯。”

配图是自己一张四十五度角的忧伤照，还有一张律师函的扫描件。

微博刚一发布，吃瓜群众迅速到达战场。

@没头脑的皮卡丘：沙发！吃瓜！【得意】

@潮鞋直供：男神要买鞋吗【嘿哈】【嘿哈】【嘿哈】

@果汁分我一半：楼上的真不要脸，顺便表白男神，造谣死全家！

@无味白水：又是炒作吧，发酵了一晚上现在才来澄清，不听不听，王八念经【衰】

@沐辰 fij：不黑不吹，小姐姐的颜和身材我是服气的，比现在的网红脸好看一万倍，可惜没有找到小姐姐的微博，不然我第一个粉了【龇牙】

@冷雨正暂停：楼上的你不是一个人！顺便@娱八卦 这种满嘴喷粪的账号为什么还没被封？！

…………

中午三个人叫了外卖，周连年吃完又刷了下微博，不出所料，话题#靳郁杭澄清#又迅速登上了热搜榜。

靳郁杭半躺在沙发上感叹。

“没办法，哥们儿太红，”顿了顿，又踹了踹坐在沙发前地板上的姜瑶，“说真的，你要不要考虑做个小网红，或者进娱乐圈，我可以把你签给靳氏，拿你当一姐捧，就你这长相，当个普通人太荒废了。”

“得了吧，”姜瑶头也不回，“我还是给现在的演员明星们留条活路吧。”

周连年拿着手机要回卧室，听到姜瑶的话扑哧一声笑了。

“猖狂！”靳郁杭又踹了姜瑶的背一脚，“我喜欢！”

“你喜欢周连年吗？”

姜瑶突然转过头看他，靳郁杭被他直勾勾的眼睛盯着，有些心虚。

“你管我呢。”

姜瑶撇了撇嘴，回过头扫了一眼周连年的卧室，又看看靳郁杭，站起来，小声而严肃地对着靳郁杭说道。

“我会和你抢你的。”

靳郁杭愣了愣，没说话，有些难过，又有些不解。

良久，靳郁杭才递给将姜瑶一个游戏手柄。

打一架吧。

“干啥？”

靳郁杭朝姜瑶挑了挑眉。

靳少爷以“自己同时失去了最心爱的女人和男人”为由，硬拉着姜瑶跟他一起玩儿对打，当靳公子以五比零 KO 姜瑶之后，那人激动得热泪盈眶，于是扔掉游戏手柄，迅速握住姜瑶的手，泪眼婆娑地道。

“小饼干，你跟我在一起吧，我真是太喜欢你了！”

姜瑶：……

“来！我们再打一场！保持这个节奏小饼干！”

……明明是喜欢 KO 别人的感觉吧。

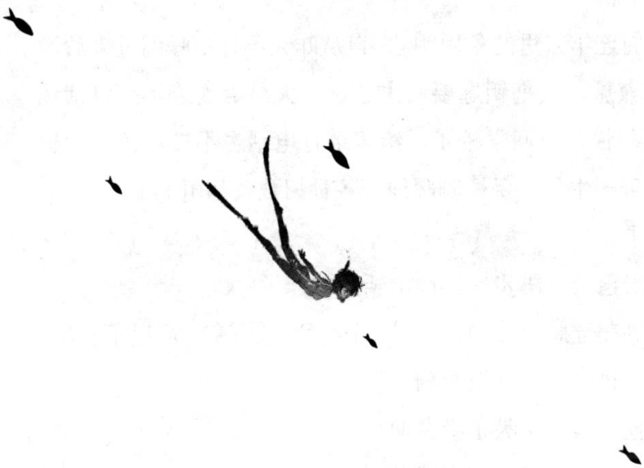

Did you pick up my heart

chapter 20

周末一大早，周连年就被他父母叫回学校去了。

姜瑶感冒了，披着条毛毯，又吸着鼻涕接了杯水喝，刚想回卧室睡一觉，就听到客厅门被人在外面敲得震天响。

“谁？”姜瑶吸了吸鼻涕，警惕地喊了一声。

“小饼干快开门！出事了！”

原来是靳郁杭。

靳郁杭有周连年家里的备用钥匙，自从昨天不打招呼闯进来后，周连年就软硬兼施，又把钥匙要回去了。一大早给周连年打电话让他开门，那人却说自己回学校了，给姜瑶打电话也不接，按门铃也没动静，靳少爷一生气，手锤脚踢地，各种招数就都用上了。

“来了来了。”

姜瑶又拖着毯子，脚步虚浮地给靳郁杭开了门。

靳郁杭看到姜瑶脸色惨白，又披着个毛毯，顿了顿，后退了一步。

“嘛呀，大过年的，要取经啊。”

姜瑶白了他一眼，又吸了吸鼻涕。

“我感冒了，今天跟你打不了游戏了。”

“不是这个，”靳郁杭急忙拿出手机，“你是不是又没刷微博，你特么又上热搜了！”

“什么？！”

姜瑶愣了愣，一把抓过靳郁杭的手机。

不同于昨天她以“靳郁杭女朋友”这种话题上了热搜，今天却是实实在在的，她的名字。

#姜瑶#

姜瑶点了这个话题进去，置顶的是网友@东北老铁 半夜两点发的澄清贴。

【各位朋友大家好，前两天家里有事没上网，这会儿打开手机，突然发现了朋友们的 @，在此我郑重澄清，@娱八卦博文完全是造谣诽谤。视频中的女孩儿叫姜瑶，之前是我店里的店员，小姑娘人美心善，我偶尔会在直播时录一下她的工作内容，由此便有了之前的视频。至于这几天网上疯传的红衣女孩儿，看眉眼确实和姜瑶有八分的相似，姜瑶已于六月份在我店里辞职，后来我们再无联系，希望大家都小姑娘多一些宽容和信任，感恩。】

姜瑶怔了怔，想到便利店那个胖胖的善良的老板，忍不住又吸了吸鼻涕。

"这个'东北老铁'是我之前在便利店工作的老板，"姜瑶以为自己昨天没有说明白，又耐心地跟靳郁杭解释，"他现在是来给我澄清的。"

"我还用你给我翻译，我自己不认字啊，"靳郁杭一把夺过手机，翻到'东北老铁'的主页，又打开第一条置顶微博的评论，指着热评第一又递给姜瑶，"你看！"

"什么啊……"

姜瑶接过来，看了眼热评，下一秒，突然瞪大了眼睛。

@爱吃的胖胖鱼：我说这么熟悉呢，真的是我小学同学，上到三年级的时候据说是转学了，昨天晚上回家翻旧相册，果然翻到了一张我们表演节目的照片。【查看图片】

后面跟评的一水儿的"求小姐姐联系方式"。

"你点开照片看是不是你啊！"靳郁杭急得不得了。

"哦哦。"

姜瑶忙点点头，可一瞬间双手剧烈发抖，险些连手机都握不住。

"我来！没用！"

靳郁杭夺过手机，点开图片大图，看到里面被圈出来的扎着双马尾的小女孩儿，又放大了些，问姜瑶。

“是你吗？眉心中间点了红点的。”

姜瑶突然就哭了。

所有的情绪像是被触动了开关，难过的、欣喜的、不敢相信的，所有说不道不明的激动，霎时灌进了她的大脑，一时间除了掉眼泪，她居然想不到下一步应该做什么动作，该说什么话。

“说话！”靳郁杭气得咬牙切齿。

姜瑶抓着靳郁杭攥着手机的手，哭得上气不接下气，一边哭一边朝靳郁杭重重地点头。

“是我是我！真的是我！她是我怎么办……”

靳郁杭没看过姜瑶哭，哪怕上次被人群殴，奄奄一息被送去了医院，他都没见到这人掉一滴泪，这会儿看她哭得像个神经病一样，自己的眼泪就跟着吧嗒吧嗒地掉下来了。

孩子太可怜了。

于是一边哭一边给“爱吃的胖胖鱼”发私信。

“你好，我是靳郁杭，姜瑶是我的朋友，你方便给我留一下电话或者微信号吗，我朋友有事想问你一下。”

周连年没到中午就回家了，他从早上出门眼皮就一直跳，总觉得有什么事要发生。

父母听叶湘云说他有了喜欢的人之后，火急火燎地就把他叫回去，问是哪家的姑娘。

二老问了半天也没从周连年嘴里套出什么话来，反倒是没过一会儿，叶湘云就来了，泪眼婆娑地看着周连年的父母，说，她愿意跟周连年从朋友做起，不逼他接受自己了。

二老这才恍然，难怪自己儿子一直说不出喜欢的姑娘是谁，原来是为了拒绝叶湘云。

周连年被气得够呛，接到靳郁杭电话的时候又发起了脾气。

“又怎么了？！”

靳郁杭抽抽搭搭地不说话，周连年这才意识到不对，忙从家里出来，问。

“到底怎么了，别哭了。”

“你快回来吧，别问了。”

这么说着，靳郁杭就挂了电话。

周连年有些烦躁地抓了抓头发，想着这一天天的，都是些什么事儿啊。

又急急忙忙地开车赶回去。

打开客厅门的时候，姜瑶和靳郁杭面对面坐在地板上抹泪，两个人中间隔着半米远，还不偏不倚地放了个纸巾盒子。

“怎么了？”周连年揉了揉眉心。

姜瑶看到周连年进来，红着眼从地板上站起来，鞋都没顾上穿，扑到那人怀里，双手揽着周连年的腰，眼泪大颗大颗地往下掉。

周连年语气放轻，一边摸着姜瑶的发顶，一边轻声道。

“没事了啊，别怕。”

周连年似乎天生就带着一种神奇的魔力，趴在周连年怀里，姜瑶渐渐平复下来，松开胳膊，姜瑶又吸了吸鼻涕，看着抹在周连年身上的一窝水渍，姜瑶又有些尴尬。

刚想说点儿什么，坐在地板上抱着胳膊哭得正专心的靳郁杭号了一嗓子。

“为什么没人管我？！”

他也想要周连年的抱抱。

…………

却没想到是姜瑶。

那人主动走到靳郁杭面前，蹲下身，两只胳膊圈着他的脖子，声音有些哽咽。

“谢谢。”

是发自肺腑的，最真诚的感谢。

谢谢你，让我在茫然无措的人生路上，终于又看到了一线生机。

没过多久，三个人终于等来了‘爱吃的胖胖鱼’的私信，靳郁杭一把夺过手机。

“我来看！”

爱吃的胖胖鱼：呀男神！真的是你吗？！我的手机号是137xxxxxxxx，微信号也是这个！男神是你要加我吗？！

“这是微信和手机号！”靳郁杭忙把手机递过来，又喊姜瑶拿手机，“你先加微信。”

“哦哦好。”

发送验证消息的时候，姜瑶又格外客气地加了一句“你好，我是姜瑶。”

很快，微信就收到了验证通过的消息。

姜瑶双手发抖，就连靳郁杭也是泪眼婆娑，两个人约莫都不是做大事的人，周连年叹了口气，接过手机。

姜瑶：你好，我是姜瑶。

胖胖鱼：你好你好，刚给男神发过消息，你就加我了，你跟我男神在一起吗？

胖胖鱼：哦对了，我叫季晓晨，你还记得我吗，咱俩一到三年级都是一个班的。

姜瑶：我小时候出了车祸，都不太记得了，跟我家人也从十岁起就没有联系过了，所以想来问问你，知道我当时家里的情况吗？

胖胖鱼：啊，这样啊，我记得当时听老师说你转学了，我也不太知道你家里的情况，但是我们有个小学群，我可以帮你问一下。

姜瑶：那太好了，谢谢你，靳郁杭是我朋友，他说有消息的话一定会当面感谢你【玫瑰】

胖胖鱼：真的？！男神真这么说！你让他等等，我现在就去问【色】

靳郁杭快气死了，抓着头发围着客厅转了好几圈，一边转圈还一边暴跳如雷。

“我什么时候说过？！周连年你作死呢！”

姜瑶生怕靳郁杭一生气搞出什么幺蛾子来，追着靳郁杭双手合十，一边吸鼻涕，一边给他拜啊拜，搞得靳郁杭一肚子的火气没处使。

姜瑶：你现在是上大学了吗？在哪个城市啊？

胖胖鱼：【害羞】我在江临大学上大一，你呢？

姜瑶：我高中毕业就工作了

姜瑶：你家是饶水的，对吗？

胖胖鱼：对的，基本上我们当时的同学很少有别的县市的。

回完消息，周连年又立刻招呼姜瑶过来。

“瑶瑶，这女孩儿在江临大学！”

姜瑶愣了愣，两只手互相攥了攥，这才接过手机，仔仔细细地看了一遍他们的聊天儿记录。

“等她在同学群里问问消息，我们就去江临大学找她，”周连年拍了拍姜瑶的肩膀，问她，“能等吗？”

姜瑶红着眼眶，沉默地点了点头。

晚上十点，姜瑶接到了林骆的电话。

姜瑶鼻子不透气，说话的时候带着浓浓的鼻音。

她刚一开口，林骆就听出了不对劲，忙问她。

“你怎么了，感冒了吗？”

“嗯，”姜瑶咳嗽了一声，“天冷，感冒了。”

“你记得吃药，实在不行就找骆主任去医院看看，别硬撑着。”

姜瑶就说好，语气淡淡地，听不出情绪。

兴许是太长时间没有交集，以至彼此再联系，哪怕是日常聊天儿都觉得尴尬，姜瑶沉默了一阵子，就在她以为林骆已经收线的时候，电话那端又传来林骆的声音。

“我在微博上看到你的消息了，你上了热搜。”

“你看到了啊，”姜瑶顿了顿，又笑了，“也不是什么好的事情，还挺不好意思的，哦对了，有个网友说是我的小学同学，我跟她联系上了。”

“瑶瑶，”电话那端的林骆顿了顿，又小心翼翼地问她，“你会去找你父母吗？”

姜瑶下意识地点了点头，察觉到那人看不到，这又才轻轻地说了声。

“嗯。”

“瑶瑶……你可以不去吗？”

不知道是错觉还是什么，姜瑶突然觉得林骆语气里，带了些不易察觉的祈求的意味。

“为什么？”她问。

“瑶瑶……”林骆顿了顿，又强撑着笑了笑，“之前你不是说，要我陪你去饶水吗，我马上就放年假了，你等我一阵子，行吗？”

这不是她记忆里的少年了。

林骆从来就不会征求她的意见，他们之间所有的决定，所有想法，全都是林骆的单方面告知。

“你办个身份证，我陪你饶水。”

“我给你拿了我之前的手机，你用这个。”

“我用我的身份证给你办了张手机卡，你拿着。”

…………

现在，记忆中的男孩儿，拿着电话一脸恳切的在请求她，问她，“行吗？”

姜瑶靠着床头坐着，脸埋得很低，半晌，她才小声地说道。

“林骆，我等不及你了。”

Did you pick up my heart

chapter 21

周连年起晚了，许是最近事情太多，这些日子都没睡好，昨天又睡得太晚，早上一睁眼都快九点了。

起来后，洗漱完看姜瑶没动静，敲了敲那人的卧室，姜瑶的声音瓮声瓮气地从被子里传出来。

“我今天不太舒服，我想请一天假。”

周连年理所当然地以为是昨天的事情对姜瑶刺激太大，情绪一时难以平复，顿了顿，又嘱咐了她一声。

“那你好好在家休息，饿了就点外卖吃，感冒药我给你放茶几上了，我先去公司了。”

“好。”

…………

姜瑶出门的时候是十点半。

早上天一亮就起了风，刮在脸上像刀子一样，割得生疼，姜瑶裹紧了身上的羽绒服，一张脸在眼光的照耀下全然看不到一丝血色。

一路打车到了高铁站，在自动售票机买了到饶水的高铁票，坐在候车厅等车的时候，姜瑶这才拿出手机又看了看。

季晓晨凌晨兴奋地发来消息。

季晓晨：你是不是有个弟弟？

姜瑶：今年应该十三岁了，小的时候我常常喊他小池。

季晓晨：那就是了，我们有个同学的弟弟跟姜池在一个班上六年级，就在实验小学上学。

姜瑶：饶水吗……

季晓晨：必然啊，从高铁站坐624路公交车，有实验小学这一站。

…………

姜瑶以前总是在想，自己如果有朝一日找到了自己的亲人，会是怎样的一种情景，是抱头痛哭，还是互相埋怨？她不知道。

当她第二次坐上去饶水的高铁上时，她幻想中的激动和兴奋的心情不复存在，取而代之的，居然是满心的坦然。

她接受也罢，不接受也罢，这八年的时光，总归是这样惨淡的过来了，只要能找到自己的家人，姜瑶甚至不想去追究这么多年，她的父母为什么不去派出所报案。

这八年孤苦无依的时光，夜深人静时对家人的怨恨，她情愿就此一笔勾销。

从高铁站出来，姜瑶找到了 624 路公交车的站牌，跟着人流投币上了车。

从首发站到实验小学一共十四站，下车后，姜瑶看了看时间，用时半个小时。

下午一点半，姜瑶站在实验小学门口，敲了敲传达室的门。

“你好，请问现在六年级上课了吗，我想找一下我弟弟。”

传达室的大爷往下推了推眼镜，多看了姜瑶几眼，又说。

“都是两点上课，你要找谁，我帮你喊一声。”

“我要找六年级的姜池，谢谢您。”

大爷点了点头，随后拨了拨面前的话筒，轻咳了一声。

“六年级的姜池同学，请速来传达室，有人找。”

等了等，没听到大爷继续，姜瑶愣了愣，问。

“大爷，不是广播三遍吗？”

大爷笑了笑，“现在是自习时间，广播都是到每个教室，教室墙上都音箱，学生们嫌吵。”

“哦哦，”姜瑶点点头，不好意思地笑了，“还挺人性化的。”

远远地看到一个穿着蓝白相间校服的男生跑来，姜瑶顿了顿，下意识地迎上去。

姜池觉得自己挺幸运的，下午听写英语单词，他没背过，上次被老师罚了一个单词写十遍，还说这次再错超过五个就抄课文，正发愁的时候，传达室居然说有人找他。姜池觉得就算没什么大事，自己拖到两点半回去，英语单词早就听写完了，老师也懒得再单独给他听写一次。

算盘打得正响的时候，一抬头，直直地撞到了一个女生的眼睛里。

姜池愣了愣，觉得这张脸似曾相识，下意识地问。

“你找我吗？”

姜瑶没说话，她细细地看着姜池的脸，恍惚间好像就能把他现在的模样和幼时重合了。

她和弟弟长得真像啊。

同样的尖尖的下巴，眼角弯弯的，带着些好看弧度的上挑，双眼皮又宽又深，连一言不发的样子，都冷冷清清的，一模一样。

传达室的大爷从窗外探出头来。

“有事儿快说啊，快上课了。”

姜瑶这才回过神儿来，看着姜池茫然的模样，苍白的脸上忽而带上了一丝笑意。

她的声音轻轻的、软软的。

“小池，还记得姐姐吗？”

姜池茫然地看着面前的女生，他呆呆地，一动不动地站在姜瑶面前，看着她好看的眉眼，弯弯的嘴角，突然就泪流满面。

“姐姐……”

姜池哽咽地喊了一声。

姐姐走的时候，他只有五岁，这么多年了，他偷偷地存着一张他和姐姐的合照，是不愿忘记姐姐的脸，于是姐姐的面容，印象里，便一直是十岁的模样。

可是后来的父母，分明告诉他，姐姐已经死了啊。

姜池有太多的话想问她，也有太多的话想告诉她，可张了张嘴，除了眼泪大滴大滴地掉下来，他居然说不出一句完整的话。

“冷吗？”

姜瑶看他穿得单薄，拉过他的手放在自己的手心里搓了搓，又哈了口气。

“你穿得太少了。”

姜池没说话，反手拉过姜瑶的手就往外走，他要带姐姐回家，他觉得这是一场梦，生怕梦醒了，姐姐就不见了。

身后，传达室的大爷从房间里出来，扯着嗓子大声喊。

“回来！那个学生！你还没请假！”

姜池拉着姜瑶的手走得飞快，一边走一边不停地说。

“马上就到了，我们家就在实验小学对面的小区，就隔了一条马路，很近的。”

絮絮叨叨地，一直在说，却连一眼都不敢看姜瑶。

姜瑶头晕得厉害，被姜池拉扯着往前走，胃里就翻江倒海地难受。

刚穿过马路，姜瑶就有些忍受不住，一把甩开姜池的手，快速地跑到小区门口，对着垃圾桶就吐了起来。

“姐姐！”

姜池吓了一跳，忙跑过去给姜瑶拍了拍背，看着她苍白的脸，声音里又带了哭腔。

“姐姐你生病了吗？”

姜瑶有些虚弱地摇了摇头，从包里拿出矿泉水漱了漱口，又擦擦嘴，这才朝姜池笑笑。

“没关系，走吧。”

姜池这次走慢了些，他把姜瑶的手攥得紧紧的，以至姜瑶的手有些微微的疼。

“姐姐，你还记得我们住几号楼吗？”

姜瑶笑笑，摇了摇头。

“我们住 429 号楼 503 室，妈妈前几年在楼下租了个门面做超市，”说着，姜池指了指前面的“便民超市”的招牌，“就是那儿。”

这么说着，姜池就朝着超市门口，大声地喊了一嗓子。

“妈！你看谁来了！”

有个穿着系着枣红色围裙的中年妇女从超市里走出来，手里不知道拿的是什么东西，一边扔一边嚷嚷。

“姜池，你是不是又逃课了，我告诉你，你……”

再一抬头，愣了愣，姜池和姜瑶就站在她眼前，女人看到姜瑶的脸，神色变了变，忽然后退了一步。

“妈，你看，”姜池抓着姜瑶的手又往前走了两步，眼眶一红，说，“姐姐回来了……”

“什么姐姐，”女人看了姜瑶一眼，又别开脸，看着姜池，“不上课就赶紧来店里帮忙，妈妈跟你说了多少次别跟陌生人讲话……”

絮絮叨叨地，一边说一边快步迈了两步，扯过姜池的胳膊。

“走，跟我回去。”

“妈！”

姜池一只手反手拉着女人的手腕，另一只手又拽着姜瑶，男生的哽咽声一波波放大，姜瑶的眼睛里便有了泪意。

于是拨开姜池的手，几步走到女人的面前，声音轻轻地，生怕吓着谁。

“妈，我是姜瑶啊……”

这么说着，眼眶里的泪已经翻涌着，滚落了出来。

“你走开，我不是你妈！”

女人气急，忽然抬起手，大力地推了姜瑶的肩膀，姜瑶没站稳，身形晃了晃，整个人都摔在地上，右手掌擦着地面，划破了一层皮，火辣辣地疼。

“妈你做什么！你连姐姐都不认识了吗？！”

姜池噙着泪喊了一声，又忙跑到姜瑶身边，小心翼翼地要扶起她。

姜瑶没动。

她茫然地看着那个中年女人一脸慌乱地跑进店里，又开始大声嚷嚷。

“孩儿他爸，快出来，有人闹事儿！”

很快，又从店里走出来一个身形瘦小的中年男人，男人骂骂咧咧地出来，看了姜瑶一眼，不知道说了句什么姜瑶没听清，姜池一直在她身边护着她，一边哭一边喊。

“爸妈，真的是姐姐啊……”

爸？

妈？

一男一女凶神恶煞地站在她眼前的模样逐渐和脑海中的片段重合，姜瑶觉得自己的大脑轰隆一声，炸成了空白。

五岁，弟弟刚出生不到五个月，妈妈嫌她没有洗手就摸了弟弟的脸，一巴掌甩在她脸上，导致她险些耳聋。

七岁，弟弟从小床上摔下来，爸爸嫌她没有看好弟弟，把她拖到卫生间揍了一顿，一晚上都没让她出来。

十岁，长相漂亮的女人说要带她去买好吃的糖果，她转头看了妈妈一眼，那人冷冷地看着她，说，给你弟弟也带几颗回来。

她分明是转过头看了一眼，确凿看到母亲抱着弟弟站在她身后，面无表情的脸上难得有了一丝触动。

如果她能拉她一把。

哪怕只是喊她一声。

她是妈妈啊。

再琐碎一点儿。

是从记事开始就无休无止的家务，不计其数的咒骂和挨打，她每天生活的战战兢兢，生怕出一丁点儿差错。

即便是这样，也不行吗？

明明只要那个做母亲的一句呵斥，明明她招一招手，她就能摆脱被拐卖的命运。

是她错了。

从头到尾都是她错了。

她自以为是的构想了一个美好的家庭，心心念念了八年要回来找自己的亲生父母，这些黑暗的过去全部被她遗留在了那场车祸里，到头来她才发现，原来拼命想隐瞒过去，甚至分不清真实和幻想的最虚伪的人，一直都是她。

姜池拼命想拉姜瑶站起来，看着姜瑶泪流满面的模样，姜池哭得更凶，一边哭一边胡乱地给姜瑶擦眼泪，说：

“姐姐你别哭，他们只是不记得你了……”

姜瑶就着姜池的手站起来，满脸泪痕地往女人面前走，那女人约莫是觉得身边有丈夫和儿子撑腰，掐着腰又开始破口大骂。

“怎么？你还想打我啊小贱蹄子，你怎么就没死了呢，以为现在找回来我们就要你吗？！”

这么说着，转身就要往店里走。

姜瑶一把扯住那女人胳膊，哽咽的声音里带着汹涌的恨意。

“你别走，你走不了，你们谁都走不了……”

女人被姜瑶抓的一个踉跄险些摔倒，披头散发地躺在地上就开始号叫。

“来人啊！有人杀人了！我这么大年纪老太婆……”

身后，男人骂了声脏话，一巴掌要甩过去，被姜池堪堪拦住，一边哭一边抱着男人大喊：

“爸，你们这是怎么了，她是姐姐啊！”

姜瑶什么都不管，拽住女人的胳膊不撒手，咬着牙又哭又笑。

亏她心心念念地要回来。

她怎么这么傻。

难怪。

难怪家里丢了人都没有报案。

“你知道那是个人贩子吧，”姜瑶噙着泪用力拽着女人的胳膊，又嘲讽地笑，“是恨不得我早点儿被拐卖吧……你们可真厉害。”

这么说着，伸出手从口袋里掏出手机。

男人一看姜瑶拿出手机要打电话，气得一把推开姜池，几步走过去，一巴掌甩在姜瑶脸上，骂骂咧咧地又要上脚踹，女人这时也回过神儿来，立刻站起来，气不过，踢了姜瑶一脚。

“小贱蹄子还学会喊人了，有人生没人养的东西！”

预料中的拳打脚踢没有落下来，姜瑶觉得身上重重一沉，姜池整个人都趴在她身上，两只胳膊还紧紧地搂着她。

姜瑶记得自己离家前同他说的最后一句话。

“姐姐去给小池买糖吃，小池长大了保护姐姐好不好？”

“好。”

…………

“别打了，爸妈，我求你们别打姐姐了……”

“姜池你给我起开，不然我连你一起打！”

“你别踹着姜池！”

“……”

姜瑶觉得自己什么都听不清了，手机里传来警察焦急的喊声，姜瑶听见自己虚弱而陌生的声音从喉咙里发出来，一字一顿。

“有一对夫妇拐卖小孩儿，地点在饶水市实验小学对面小区429号楼503室，楼下有个便民超市也是他们开的，男的叫姜福东，女的王彩云。”

“……”

Did you pick up my heart

●○

chapter 22

●○

姜瑶醒过来的时候，姜池正拉着她的手，眼睛一眨不眨地看着她。

看她醒了，姜池立刻端来一杯水，又把她小心地扶起来，说。

“姐，你发烧晕倒了，都睡了一夜了。”

姜瑶笑了笑，伸出手摸了摸姜池的脸，问他，“不去上课吗？”

姜池沉默着摇了摇头，顿了顿，又问她。

“姐，爸妈还被关在看守所，能不能……”

“小池，”姜瑶打断姜池的话，问他，“他们打你吗？”

姜池小心地摇了摇头。

“那就好……”

姜瑶茫然地点了点头，抬眼看到了从窗前匆匆经过的熟悉的身影。

周连年？

姜瑶眉目动了动，突然一把拔掉手上的输液针头，掀开被子就要往外走，刚下床身形晃了晃，姜池忙扶好她，问。

“姐你怎么了，你要去哪儿？”

“你别管。”

姜瑶甩开姜池的手，踉跄着往病房门外跑，一边喃喃地喊“周连年”的名字。

那种突然间漫上心头的酸涩感让她连出声都困难。

她就站在楼道里，看到匆忙经过的护士和医生，偶尔有病人被家属搀扶着从病房出来，也有医生礼貌地同痊愈的病人道别。有家属跪在大厅号啕大哭的、有满身是血的病人被一路推着送去了急救室、有穿着条纹病号服的老太太坐在走廊的长椅上打盹儿、有年轻的女人拿着诊断书小声地啜泣。

这里是离死亡最近的地方。

没有周连年。

姜瑶觉得自己仿佛置于人群中心，万箭齐发，所有呜咽的、号啕的哭声都顺着风朝她吹来，她茫然地往前走了几步，那些声音还是混沌地挤进自己的脑袋里，姜瑶贴着墙，捂着头慢慢地蹲下，再也不敢看了。

…………

“瑶瑶。”

有极轻的声音飘过来，缥缈的，虚幻的，却犹如一根浮木，给了姜瑶最后一次生还的机会。

姜瑶慢慢地抬起头，胳膊维持着抱膝盖的动作，看到面前周连年蹲下身，逐渐清晰的一张脸，姜瑶突然落下泪来。

一开始只是无声地掉眼泪，当周连年伸出手把自己揽在怀里的时候，姜瑶突然就控制不住号啕大哭起来。

她再也没有爸妈了。

她心心念念的那些有关于“家”的所有美好的词汇，再也没有了。

周连年带着姜瑶去派出所做笔录。

一进门，发现林康来和林骆都来了。

林康来和饶水公安局的局长是同学，昨天听说一出事，早上就急急忙忙地赶来了。

林骆约莫是从帝都赶来的，坐在椅子上一身疲惫的模样像一下子苍老了很多，看到姜瑶和周连年进来，下意识地站起来，语气里带着些无措。

“瑶瑶……”

姜瑶没有看他，径直从他面前走过，脚步很轻，了无痕迹一般。

…………

“没有证据？”姜瑶嘲讽地笑了笑，“我就是，当年我被人贩子拐走，王彩云明明知道的，却一句话都不说，看着我被人贩子带走，这样还不算从犯吗？”

“瑶瑶，”林康来站起来，想拍姜瑶的肩膀，被姜瑶不动声色地躲开了，林康来愣了愣，随即收回手，又道，“她确实是不知情的，哪怕她对你没有善意，也绝非想你被人贩子带走。”

“可她事实上就这么做了！”姜瑶朝林康来喊了一声，随即转过头，握了握拳，平复了下心情，“不然家里丢了人，她为什么不报案？”

“瑶瑶，现在说这个没有意义，毕竟不是他们拐卖的你，你也没有证据……”

“那这么多年，”姜瑶的喉咙动了动，眼睛一眨不眨地看着林康来，“我就是活该吗？”

“瑶瑶，这几年你自己也过得好好的，为什么……”

林康来还要说什么，看着面前女孩儿突然落了泪，说不下去了。

所以她现在过得不错，就是她应该宽容他们的理由吗？

“你们早就知道，不是你们找不到他们，”姜瑶重重地吸了一口气，“是你们知道所有的真相，自以为是地以为是对我好，不告诉我，”姜瑶突然转过头看着一旁的林骆，“是不是？”

难怪，难怪林骆再也没有提带她去饶水。

难怪，他给她打电话，结结巴巴地问她，不来行吗？

“如果是我们起诉这对夫妇遗弃儿童呢，”周连年走到姜瑶身边，抓着她的手把她带到自己身后，又看着林康来和饶水公安局的局长，“遗弃罪严重的可以判五年吧？”

林康来揉了揉眉心。

"随便吧，这就不是我们能管的了。"

周连年点点头，一回身抓住姜瑶的手，笑着说："靳郁杭帮我找了律师，"周连年看了看时间，"应该到了。"

周连年拉着姜瑶的手往外走，还没出门，迎面看见姜池泪流满面地跑进来，站在姜瑶面前，突然直挺挺地跪下，抱着姜瑶的腿大哭。

"姐姐，你不要让爸妈坐牢，他们知道错了，求你了姐姐。"

"律师应该是正在跟他们谈。"

姜瑶茫然地看了看周连年，又伸出手，摸了摸姜池的头，小心翼翼地蹲下，看着自己曾经疼爱的弟弟。

"每个人都应该对自己的行为负责，不是吗？"姜瑶伸手给姜池擦眼泪，声音平静，"小池，五年比起我所经历的那些，实在是太不值一提了。"

"姐姐！我不想没有爸妈，求求你，放了他们吧……"

姜瑶目光闪烁，"就算你没有他们，姐姐也不会不管你。"

说着，姜瑶便挣脱姜池的手，跟着周连年出去了。

周连年找来的李昭律师是业内赫赫有名的名嘴，约莫是因着和周连年关系好，来到饶水后一刻也没耽搁，匆匆到了公安局，一来就要求和嫌疑人谈判，如此过了一个小时，那人才看到了姗姗来迟的周连年和姜瑶。

王彩云原本脸上战战兢兢地还挂着泪痕，一看到姜瑶进来，立刻像疯婆子一样扑上去，被周连年一把推开。

那人还不罢休，一边骂姜瑶"狼心狗肺"，一边狠狠地朝她吐了口唾沫。

李昭抱着胳膊好整以暇地看戏，末了也不知道从哪里掏出一包瓜子，一边嗑瓜子儿一边说道："这里都有摄像头，我还正录着音，你们最好对我当事人客气点儿，否则就不是五年了……"

王彩云顿时就不敢说话。

姜福东瑟缩着坐在椅子上，看到姜瑶，眼睛动了动，抿了抿嘴，半晌才说。

“瑶瑶，能不能别告爸妈，我们也不想的……”

“是啊是啊，”王彩云见状，趴在地上的身体稍稍起来了些，一把拽住姜瑶的脚踝，“我们都不想的，谁也不知道那是个人贩子啊……”

姜瑶没动。

他们都是社会底层的小人物，无权无势，却也懂得怎么趋利避害，怎么在现实问题中保全自己，哪怕上一秒还对自己拳打脚踢，下一秒就会为了免除自身痛苦而对她轻易服软。

人，不都是这样的吗？

“五年很快的，”姜瑶的声音很轻，眼神却有些空洞，“一下子就过去了。”

坐在一边的李昭听到姜瑶的话扑哧笑出声来。

真是个狠心的女孩儿。

“你这么坏心肠迟早会遭报应的！”王彩云见状，又扯着姜瑶的脚踝，一边拉扯，一边破口大骂，“我真是后悔生了你这么个狼心狗肺的东西！我就是去坐牢也不会再求你，我做鬼也不会放过你！”

“你别忘了姜池，”姜瑶冷冷地看着王彩云，“你们去坐牢后，”姜瑶神色冰冷，咬着牙，一字一顿，“我会好好照顾他的！”

“你要对小池做什么？！”王彩云瞬间就不淡定了，慌张地看着姜瑶，又要上来抓她，“小池是你的弟弟！他从小就喜欢你！你不要伤害他……”

姜福东这时候也害怕了，快步走到姜瑶面前，伸出手指着她，手指微颤。

“你不要动姜池，你把我们抓起来，关个五年十年，你不要动姜池。”

一旁的李昭嗑着瓜子儿啧啧了两声。

“你们这么维护自己儿子，她肯定会对你们儿子更不满呗。”

“走吧。”

周连年扫了李昭一眼，又揽过姜瑶的肩。

姜瑶没动，王彩云听到李昭的话，居然一边大哭一边直挺挺地给姜瑶跪下了。

这个一向心狠嘴恶的女人，在提到自己儿子的时候，居然无措到崩溃大哭，一边哭一边给她磕头。

“我错了！我不该虐待你，不该不要你！姜瑶，求求你，放过小池，他才十三岁啊，你放过他，只要你放过他，让我死都可以……”

女人哭得上气不接下气，姜瑶慢慢地蹲下，看着女人，眼神又是一阵迷茫。

“我和小池，不都是你生出来的吗？”

为什么，只有她活该被抛弃呢？

“我错了！我真的错了！我一时糊涂，重男轻女，求求你，不要伤害他，就算我伤害过你，可你也是我怀胎十月生出来的……”

姜瑶怔了怔，微不可闻地叹了口气。

那极轻的叹息声，就明晃晃地砸在了她的心上。

眼前恍惚间出现了一张脸，那是年轻时候的王彩云，也曾小心翼翼地照顾过她，保护过她，至少也，发自真心地，爱过她。

算了。

姜瑶想。

“你们走吧，”姜瑶喉咙动了动，看着姜池默默地站在门后，“带小池回学校吧。”

“瑶瑶。”

王彩云喊了她一声。

对上姜瑶的视线，王彩云深深地看了姜瑶一眼。

这一眼，姜瑶没看出愤怒，庆幸占了大部分，甚至连那一丝一闪而逝的悔意，姜瑶也险些没有捕捉到。

算了。

这一眼，我们所有的恩怨，都两清了。

你忍受了十月怀胎苦，我也经受了这多年的漂泊落魄，我们两清了。

Did you pick up my heart

chapter 23

李昭坐在副驾驶座位上，一边嗑瓜子儿，一边好整以暇地看着周连年。

“就是她啊。”

周连年眼睛一直盯着窗外，听到李昭的话，这才点点头。

“眼光不错，”李昭抓了把瓜子给周连年递过去，那人没接，李昭轻嗤了一声，“一开始听靳郁杭说我还真不信，你这万年的铁树都开花了，找的还是个年轻漂亮的妹子，果然你也不能免俗啊。”

周连年摇了摇头，“她不一样。”

李昭看了看窗外，啧啧两声。

“是不一样，比漂亮还漂亮，哎我说，你不会看出人小孩儿打小就有这种天分，所以才处心积虑地接近她吧。”

“滚。”

“你看你，不是就不是，我这大老远给你小女朋友撑场面，你还不领情，对了，”李昭像是突然想到什么，扭头跟周连年说，“靳郁杭那边，你可得好好安抚，你也知道，他这个人心思重……”

“所以才找你来多陪陪他。”

“找我干吗！”李昭“嗷”一嗓子，一激动想站起来，磕头顶了，“你看，一提起他准没好事儿。”

“就是让你人文关怀一下，”周连年白了他一眼，“你那么激动干吗。”

“你管我！”

…………

姜瑶揣着羽绒服口袋站在林骆面前，林康来忙着和同学寒暄，还没有出门，林骆看姜瑶要走，这才急急地跟上来。

“瑶瑶，我确实是在你办好身份证之后，听我爸说才知道的，我怕你受刺激，一直都不敢告诉你……”

林骆还记得自己当时兴冲冲地告诉父亲，要带姜瑶回饶水后，父亲雷霆大怒的模样。

父亲给他讲了一个冗长的复杂的故事，毫无意外是悲惨的，他却怎么都想不到那个悲惨故事中的主人公居然是姜瑶。

“你带她回饶水寻找真相，这个真相是她可以接受的吗？”

他记得父亲这样说。

却不知怎的，说到最后，居然又谈到了他和姜瑶的关系。

“你们早晚会疏远的，姜瑶也会有自己的生活，以后不要再提这件事了。”

他心里藏着这个巨大的秘密，居然就再也不敢联系姜瑶。

姜瑶面无表情，伸出手又往上拉了拉羽绒服上的拉锁。

“你和林叔比任何人都要知道，我对家人的渴望……”

“所以我们更不敢告诉你……”

“我是当事人！”姜瑶顿了顿，“从小到大，我都对你们满怀感激，林叔一直都表现出帮我耐心找亲人的模样，我信了，你们一直是我最后的指望，可是真相却是，你们早就知道真相，拿我一个人当傻子骗，不是吗？”

“瑶瑶……”

“别说了林骆，”姜瑶摇了摇头，偏过脸看到姜池怯怯地站在一旁，咬了咬牙，“我得走了。”

这么说着，林骆看到女孩儿转头打开车门上了车，直到车子彻底离开自己的视线，林骆的心突然凉了一大截儿。

仿佛他和姜瑶，一下子就天各一方了。

“姐——”

周连年把车速放慢了些，看到后视镜里越跑越慢的少年，又回头看看姜瑶，问。

“真的不下去看看吗？”

“看什么啊，”李昭把两条腿搭在挡风玻璃前，又道，“以后就彻底和过去撇清关系吧。”

姜瑶咬了咬牙，再看向窗外，男孩儿见追不上车，突然就蹲在路边大哭起来。

他才十三岁。

被那对父母保护得很好，没有经历什么挫折，如果没有意外，一辈子也许就这么平平淡淡、顺顺遂遂的过来了。

唯一遗憾的是，他没了姐姐。

许是印象里对这个姐姐的印象好，许是他本性纯良，无论是哪一种，姜瑶今天打定了主意要走，都不值得他为此号啕痛哭。

“停车！”

姜瑶喊了一声。

周连年的车还没靠路边停稳，姜瑶就匆匆地打开车门下了车，下车的时候太慌张还踉跄了一下，差点儿跌倒。

李昭看着姜瑶慌张的模样，又感叹了一声。

“太善良了，性格一点儿都不随她的那张高级脸。可惜了。”

姜瑶是带着怒气跑到姜池面前的，红着眼睛推了姜池一把，又朝男孩儿嚷嚷。

“你干吗啊，不去学校上课，跑来这儿追车，你知不知道多危险啊！”

“姐姐——”

他是真的很在乎她这个姐姐，姜瑶知道，半分作秀的成分都不存在。

姜瑶摸了摸姜池的头，又叹了口气。

“回去上课吧，你就当没我这个姐姐吧。”

“不会的，”姜池摇了摇头，哽咽着从口袋里掏出一张照片来给姜瑶，“姐姐，这是你和我，你收好，我会去找你的。”

姜瑶愣了愣，小心地拿着看了一眼。

照片里，是十岁的姜瑶牵着姜池的手，两个人不知道听到了什么，冲着镜头笑得见牙不见眼。

照片泛黄的厉害，却镜头里的两个人，眉清目秀的样子，仿佛还在昨天。

姜瑶想起来是先前的邻居买了新相机，拉着她和弟弟一起拍的，没想到照片会在姜池这里。

周连年看到姜池抱着姜瑶不撒手，烦躁地按了按喇叭。

“人家那是跟亲弟弟，”李昭白了他一眼，“你发什么脾气啊。”

…………

“我得走了，”姜瑶听到声音，回头看了一眼，又跟姜池道，“你好好上课，好好过日子……”

“姐姐，”姜池打断了她的话，“你等我，我长大了会保护你。”

姜瑶眼眶又红了红，这才攥着那张照片快步离开了。

不可能的，他们不会再见了。

她想。

从饶水回来后，姜瑶大病了一场。

许是当时的重感冒没有得到及时治疗，姜瑶感染了肺炎，又在医院住了一周。

从医院出来后，姜瑶请了长假，天天披着毯子坐在床上发呆。

一开始周连年以为她房间里暖气不足，特意又给姜瑶的房间装了一个电暖器，后来进姜瑶房间，周连年觉得自己都热出汗了，姜瑶还是披着毯子放空。

靳郁杭窝在沙发上嗑瓜子儿，他以前顶不爱吃这种东西，前一阵子李昭从饶水回来后，天天往他家跑，那人话也不多，就窝在沙发上嗑瓜子儿，一声接一声地，听着清脆得很。

李昭走到哪儿把瓜子带到哪儿，靳郁杭没忍住，跟那人要了一把来吃，就也停不下了。

靳郁杭对声音格外敏感，喜欢热闹，他似乎只有在或嘈杂或清脆的声音中获得安全感。

连华科技刚成立的时候，周连年为了保持办公室安静，让人在把各个角落走廊都铺上了地毯，靳郁杭坐在办公室里连人走路的声音都听不见，跑出去跟周连年生了半天气，后来又自己找人把自己办公室区域的地毯给拆了，直到重新听到公司同事来去匆匆的脚步声，靳郁杭才觉得安心下来。

“我觉得小饼干是精神受刺激了，”靳郁杭抓了把瓜子又往周连年跟前坐了坐，问他，“吃不，解解愁？”

周连年白了他一眼，站起来要走，李昭举着个平底锅从厨房里出来，一边说话一边挡着自己的脸。

“恕我直言，那小姑娘不是傻了吧。”

周连年握着拳头忍了忍，瞅着眼前的平底锅没忍住，一拳捶在李昭肚子上。

李昭闷哼了一声，一只手捂着肚子，一只手朝周连年竖起了大拇指。

“阁下雄风，不减当年，在下佩服。”

回答他的是周连年绝情的关门声。

靳郁杭听到声音突然扔掉瓜子烦躁地抓了抓头发，转过头又踹了李昭一脚。

“你不是学过心理学嘛，你快去看看小饼干，别真傻了。”

李昭白了靳郁杭一眼，“说什么呢，那可是你情敌！”

靳郁杭又踹了他一脚，扁了扁嘴，眼圈一红，抓着外套就往外走，李昭一看坏了，又把人惹了，忙抓过羽绒服也跟上，一边追一边喊。

“姑爷爷您慢点儿，我错了！”

姜瑶这一场病，像是做了一场大梦。

一梦十八年。

醒来后所有的前尘往事都随着这场梦消散了。

像是经历了一场盛大的重生仪式，姜瑶觉得有些遗憾，更多的却是失落。

她人生中近四分之一的时间都用来完成寻找家人这个缥缈的梦想，突然间梦醒了，她连往后要做什么都不知道了。

这失落和无措倒映在现实里，就变成了姜瑶对什么都提不起兴趣，终日把自己关在房间里放空，整个人都带着一种死气沉沉的颓败感。

周母过来的时候，姜瑶刚刚裹着毛毯从卧室挪到了沙发上，约莫是电暖器开得太足，烤的姜瑶的脸还带着些病态的潮红。

听到开门声，姜瑶以为是周连年回来了，没动，待到周母絮絮叨叨地嘀咕了句什么，又顺手关上了走廊的灯，姜瑶这才反应过来，裹着毛毯站起来一看。

瞬间大眼瞪小眼，蒙了。

开门的女人约莫五十几岁的样子，和周连年的眉眼很像，绾着发髻，穿着驼色大衣，乍看到姜瑶时吃惊的模样还带了些不符合年纪的可爱。

姜瑶愣了愣，吸了吸鼻涕，半晌才说。

“阿姨您好，您找周连年吗？”

姜瑶发呆的时候，周母也在打量她。

唐爱林是个得体的女人，看到陌生女孩儿出现在自己儿子的家里也只是微微有些吃惊，并没有格外露出不满或是疑惑的表情，更何况。

女孩儿无论是从身形还是容貌，都无可挑剔。

拍着自己良心说，外形委实比叶家的姑娘好上太多。

哪个男人不喜欢年轻漂亮的女孩儿呢，她的儿子自然也不能免俗。

之前听叶家那个闺女说自己儿子有了女朋友，她当时还不信，把连年喊回去又问了一通，还是没问出个所以然来，后来叶家那闺女两三句话一解释，她就自以为儿子是为了拒绝叶家孩子说的谎话，如今这么一看，可不就有女朋友了嘛，还住一起了。

唐爱林不大喜欢叶家的姑娘，那女孩儿功利心重，单是一双眼睛就能赤裸裸地表现出欲望来，人精人精的。她觉得自己儿子事业成功，不必要去找个处事精明的女朋友，人善单纯，合他的心意就够了。

这么想着，再一看姜瑶水灵灵的大眼睛，怎么看怎么喜欢。

于是忙放下手里的东西，拉过姜瑶纤细柔软的手，笑道，“我是连年的母亲，今天学校没课，我特意给你们包饺子来了。”

“阿姨，我其实……”

“你怎么脸这么红啊，还裹着个毯子，”周母皱着眉打断姜瑶的话，又伸出手探了探姜瑶的额头，“呀，你这孩子额头怎么这么烫啊，你快回房间躺下，我给你找点儿药吃。”

这么说着，就不由分说地把姜瑶推进了周连年的卧室。

“阿姨我睡次卧……”

“一样一样，”周母按着姜瑶坐在周连年的床上，又不由分说地让她躺好，把姜瑶披着的毯子扔到一边，拉过周连年的被子给她盖好，这才又问她，“你这孩子中午不会没吃饭吧，饿了吗？”

姜瑶眼巴巴地看着周母，那来自母亲般的温暖让她险些热泪盈眶，她贪图这份温暖，几乎是下意识地点了点头。

周母叹了口气。

孩子太可怜了。

“我熬了鸡汤带过来了，阿姨去给你盛一碗，连年太不知道心疼人了，等他回来阿姨一定好好替你出气。”

这儿说着，周母就起身出去了。

姜瑶躺在周连年床上，身上的被子把自己包裹得严严实实，只露出一张巴掌大的脸，目送着周母出了卧室门，这才吸了吸鼻子。

她甚至都不想告诉周母，她脸上不正常的潮红和偏高的温度其实是电暖器烤的。

姜瑶一口气喝了两碗鸡汤，周母一直坐在她床边笑眯眯地看着她，不时地摸摸姜瑶的额头，看她喝完汤，又问。

“好喝吗？”

姜瑶点了点头。

也不知道为什么，眼泪就簌簌地掉下来了。

“这怎么还哭了，是难受吗？”周母又靠着姜瑶坐近了些，伸出手搓了搓她的额头，末了似乎想到什么，又问，“你跟连年吵架了啊？”

姜瑶吸了口气，哽咽地摇了摇头。

“你们还年轻嘛，日子就是这样磕磕绊绊过来的，”周母叹了口气，末了又问，“你们在一起多久了？”

姜瑶愣了愣，小心翼翼地看了周母一眼，又迅速收回目光，含糊地说了声。

“快一年了……”

有些心虚。

周母眯了眯眼睛。

好小子，保密工作做得棒棒的。

周连年回到家的时候，就看到母亲从自己卧室出来，看到他拿着钥匙站在客厅，伸出食指往嘴边放了放，又轻声道。

“小点儿声，刚睡着。”

周连年愣了愣，“妈，你让瑶瑶睡我房间了？”

“啊，怎么了，”周母白了周连年一眼，“吵架了连你房间都不让进是不是？难怪刚刚人姑娘哭得那么伤心，你这么大人了，就不知道让着人姑娘点儿？”

周连年听得云里雾里，有些哭笑不得。

“妈您瞎说什么呢。”

“我瞎说，”周母又压低了声音，干脆走到沙发前坐下，转头瞪了周连年一眼，“你跟小姑娘在一起快一年了，居然都不告诉我和你爸，我跟你爸还满世界帮你张罗相亲，你可倒好，瞒着我们这么长时间，要不是我来你这……”

说着，周母又重重地哼了哼。

“……”

在说什么啊。

这厢周母义正词严地教育儿子怎么才能留住女孩儿的心，客厅的门铃就不合时宜地响了，伴随着门铃声的，还有一声声极富节奏的敲门声。

周母沉浸在自己关于爱情的演讲里，听见声音吓了一跳，又压着声音朝周连年发火。

“快去开门！让他们小点儿声，瑶瑶刚睡着！”

周连年眼角抽了抽，快步走到客厅门口打开门，靳郁杭和李昭还来不及说话，被周连年一人一只手捂住嘴，又听到那人沉声说道。

“我妈让你们别出声，瑶瑶睡着了。”

“啊，”李昭张大了嘴，蹑手蹑脚地率先走进来，看到沙发上的周母，又转身，小声问周连年，“见家长了啊。”

周连年没说话，揣着口袋看倚着客厅门的靳郁杭。

走廊里没开灯，靳郁杭的身形影影绰绰，隔了好一会儿，周连年才伸出手拍了拍那人的肩膀。

“节哀。”

靳郁杭摸了摸鼻子。

像祭奠他过去所有的一厢情愿。

靳郁杭和李昭没待儿多久就走了，走的时候周母还在唠叨。

“你俩跟连年一样大，连年都能找到一个年轻漂亮的小姑娘，你们为什么就不能？”

以至两个人逃走的时候很是荒唐。

周连年去卧室喊姜瑶吃饭，那人醒来后难得没有披袈裟，下了床，看都没看周连年一眼，出门的时候屏气凝神，一脸正气。

周连年勾了勾嘴角跟在那人身后，周母从厨房拿着碗碟出来，看到姜瑶，又笑眯眯地招呼她坐下吃饺子。

姜瑶顿了顿，看到餐桌上一盘一盘的精致玲珑的饺子，又扁了扁嘴。

“不准哭。”

周连年顺手捏了捏她的脸，低声说道。

没想到就被自己母亲听到了，又惹来了一大通埋怨。

“你吓唬小姑娘干吗，人家不嫌弃你年纪大，跟你在一起这么久，我平时都是怎么教育你的？”

“妈，我没欺负她，”周连年勾着嘴角把胳膊搭在姜瑶肩上，又偏过头看她，问，“瑶瑶，你说是不是？”

姜瑶表情淡定沉稳，点了点头。

吃饭的时候，周母问姜瑶家里的情况，周连年刚要出声阻拦，就看到姜瑶放下碗筷，看着周母，表情认真而诚恳。

“阿姨，我是在福利院长大的。”

“啊……”

完全没有预料到的情况，周母又蒙了。

周连年侧过脸看了看，捕捉到女孩儿眼睛里的一丝慌张后，握住了她的手。

“所以您待我好，喜欢我，我很感激。”姜瑶说。

“这，说什么呢，”周母回过神儿来，看着姜瑶又有些心疼，“我是真不知道，我还想着让连年今年去你们家过年，这可好，过年你们就直接回来，我们一起吃年夜饭。”

姜瑶：……

吃完饭，周连年送老太太出门，老太太等电梯的时候，喜滋滋地问他。

“过了年开春结婚怎么样？小孩儿可怜，你得早点儿给她一个家她才有安全感。”

周连年嘴角抽了抽：“您是想早点儿抱孙子嘛。”

“不冲突，不冲突，”周母抓了抓头发，又催周连年，“你可赶紧的，小姑娘年轻漂亮，看上你是你的福气，你爸妈以后带你们出去也有面子。”

周连年就笑，送走了母亲，再回到客厅，姜瑶又是一脸正气地坐在沙发上。

周连年抱着胳膊靠着墙，问姜瑶。

“听我妈说，我们在一起快一年了。”

姜瑶正襟危坐，听到周连年的话淡定地点了点头。眼见着周连年靠在墙边没动也没说话，姜瑶心虚的不得了，一溜烟裹着毯子回自己房间了。

“呵。”

周连年又笑了。

所以说爱情这种高级品，不也是顺其自然、水到渠成的事情吗？

姜瑶偷偷地躲在门缝里看了周连年一眼，对“他居然没生气也没反驳”这件事还是挺惊诧，要不是她年纪小，她甚至想说在一起八年了。

Did you pick up my heart

chapter 24

除夕那天，周连年到底也没带姜瑶回家，李昭和靳郁杭跑到周连年家里打麻将，周连年给姜瑶点了一晚上炮，姜瑶赢了钱，嘴巴咧到了耳根子都没下来过。

几个人玩儿到天亮才在地板上横七竖八地睡着了。周连年眯了一会儿，起来把姜瑶抱回卧室床上，低头看到女孩儿晶莹饱满的唇，没忍住，偷偷地亲了一口，再一转身，李昭抱着胳膊站在门口看戏，又啧啧了两声，这才出去了。

周连年笑了笑，伸出手摸了摸姜瑶的脸，满心的欲望都从心里蹿到了脸上。

他想要的更多。

一开始怕吓着她，小心翼翼地把自己放在暧昧且不过分的程度，可界限突然被触摸，甚至一点儿一点儿被打破，他尝到了一星半点儿的甜头，就总是想靠近。

想触碰她的身体。

想亲吻她的嘴唇。

想拥抱她。

周连年盯着姜瑶看了良久，听到客厅的动静，叹了口气，给姜瑶扯了被子盖上，这才出去了。

来日方长啊。

李昭已经穿好外套，看着周连年似笑非笑。

“走吧，我跟你一起出门，顺道给叔叔阿姨去拜年。”

周连年耸了耸肩，看了一眼躺在沙发上睡成死尸的靳郁杭，这才拿着钥匙出门了。

等电梯的时候，李昭突然神秘兮兮地凑近周连年，问。

“你猜他俩会不会打起来？”

周连年：……

姜瑶听到客厅的关门声突然睁开了眼睛，两边的脸颊烫烫的，似乎刚刚温柔的触感还在唇边。

不同于很久之前她趁周连年醉酒的偷亲，这次是实实在在的，周连年在主动。

激动的心情难以自持，姜瑶就希望能有人来跟她分享喜悦。

从床上迅速起来跑到客厅，寻了一圈才在沙发上看到睡成死尸的靳郁杭。

“喂，”姜瑶推了推靳郁杭的肩膀，“我给你说个事儿。”

靳郁杭皱了皱眉，又往里滚了滚，险些一脚踹在姜瑶脸上。

他不想听。

姜瑶叹了口气，半晌又说。

“要不，咱俩起来打游戏吧。”

靳郁杭眼睛猛地睁开，像个被揭了符咒的僵尸一样，迅速从沙发上坐起来，一脸淡定地朝姜瑶点头。

“我同意。”

姜瑶默。

周连年的父亲穿得西装革履，一大早就等周连年带着准儿媳回来，等自己儿子带着李昭过来后，脸一下子就黑了。

怒气冲冲地转过头质问周母，“不是说好是个年轻漂亮的女孩儿吗？！”

周母自从前一阵子回家后，就老是在周父耳边念叨，说儿媳妇懂事又可人，长得就跟天仙一样，比电视上的明星都漂亮。

这话说一次也就算了，可谁受得了有人天天跟在耳边说，周父没见过姜瑶，除夕晚上一口酒都没喝，就趁着初一早上一探究竟，憋着一股儿劲儿，让自己看起来更加和蔼可亲，可这倒好，儿媳妇没见着，来了个大小伙子。

李昭笑吟吟地，说，“叔叔阿姨，我是李昭啊，你们差别对待也太明显了，不能有了儿媳妇就忘了我啊。”

周母白了周父一眼，赶紧拉着李昭进客厅，这才说。

“这不是你叔叔着急见儿媳妇嘛，整天被我念叨，要不是学校有事儿，自己早跑过去看了，”周母又瞪了周连年一眼，“你可倒好，之前跟说的要带瑶瑶回家过年，怎么没带来呢，我跟你爸白高兴一场。”

“你们都认识了，”周父嘟嘟囔囔，摘下黑框眼镜扔到一边，又有些不高兴，“就我不认识。”

“想看就看呗，”李昭笑了笑，又把朝周连年扬了扬下巴，“你给打个视频电话，让你那小女朋友也给叔叔阿姨拜个年嘛。”

周连年皱了皱眉，不知道姜瑶醒了没，一方面他怕那个人尴尬，另一方面……

周连年又无意识地摸了摸唇。

他其实还挺想她的。

分明才一个小时没见。

早上那一个蜻蜓点水的吻，似有若无地在心里翻来覆去，抓得他心里痒痒的。

装作漫不经心地给姜瑶发过视频，女孩儿光速接收，这让周连年立时又开心了几分，刻意调了调手机角度，好让自己看起来在镜头里看起来更漂亮一些，女孩儿半张脸就漫上屏幕，看到他的时候很是惊喜，眼睛亮亮的，像是嵌入了漫天的星星。

“醒了啊。”周连年笑着问。

姜瑶没回过神儿来，盯着周连年一张脸傻笑，末了又道。

“视频里的你也好看。”

李昭在旁边听得一阵恶寒，凑过去问姜瑶，“靳郁杭呢？”

姜瑶没看李昭，眼睛一眨不眨地盯着周连年笑，听到问话才下意识地回答。

“刚打了把游戏，接了电话就说要回家了，”想了想，姜瑶又加了一句，“挺开心的。”

周连年和李昭互相看了一眼，神色复杂。

能不开心嘛，这么多年，怕是家里人第一次主动给他打电话一起过年吧。

正想着，周父耐不住了，朝周母使了个眼色，又重重地跺了跺脚，表示自己很不满意，周母这才笑着喊周连年。

小声说道，“儿子，快给我们看看。”

手机那端的姜瑶听到声音，忙回过神儿来，问周连年。

“是阿姨吗，快把手机给阿姨，我给她拜年。”

周母听到姜瑶的话，不等周连年回答，立刻走过去激动地夺过手机，喊姜瑶的时候格外亲切。

“瑶瑶，你身体好些了吗，怎么没跟连年回来呢？”

这么说着，又扯着周父来到镜头前，调换了下摄像头，说，“跟孩子打个招呼。”

姜瑶这才发现镜头前多了个面相威严的中年男人。

周父国字脸，浓眉大眼，个子高气质又好，周连年的长相和身高，一多半都随了周父，姜瑶忙开口喊人。

“叔叔你好，我是姜瑶，祝您和阿姨健康长寿，新年快乐。”

周父离镜头远，不太能看清姜瑶的脸，待到周母把眼睛给他拿过来，又凑近了镜头，这才看清手机上女孩儿素净好看的一张脸，立刻眉开眼笑起来。

原本生得威严，易给人造成压迫感的面相立刻就变得温和了些。

“谢谢你，”周父压下内心翻腾的喜悦，抿了抿嘴，一本正经地点头，“有时间来家里玩儿。”

待到手机重新回到周连年手上的时候，时间已经过了半个小时。

李昭去他的房间补觉，周连年干脆拿着电话去了父母卧室，姜瑶一脸的神气，说话的时候得意扬扬。

“你看你爸妈多喜欢我。”

周连年就笑笑，眉梢的温柔满的都要溢出来。

“我也是。”

姜瑶：……

所以说这算表白吗？

周连年刚关了视频，就听到母亲喊自己的名字，推开卧室门出去，这才看到叶湘云过来了。

周母是个热络的人，拉着叶湘云的手嘘寒问暖，家长里短的，看到周连年出来，忙道。

“你把手机给我，湘云好不容易见到你一次，你们聊。”

说着，周母就走到周连年身边要手机，周连年愣了愣，茫然地把手机递过去。

“挂了？”周母一脸的不敢置信，举着手机问周连年，“不是正视频吗，怎么就挂了，你才刚进来一会儿……”

周连年汗，忙又安慰一脸不开心的母亲。

“我下次带她回来不就成了嘛。”

“你上次还说过年带回来，”周父坐在沙发上喝茶，语气凉凉地道，“最后不也没带嘛。”

“呦，这怎么了，”叶湘云走过来，看着周母埋怨周连年，忙问，“什么东西忘带了？”

周母叹了口气，又瞪了一眼自己那个不争气的儿子。

“这不是连年嘛，有个交往很长时间的女朋友了，一直都没告诉我们，要不是我上次去他公寓，我们到现在都不知道，原本想着过年让他把人姑娘喊来，他可倒好……”

周母絮絮叨叨地，一面埋怨周连年不懂事，一面又夸准儿媳妇漂亮，一边说还一边扯上周父，转过头问他。

“我是不是没骗你，你儿子找的媳妇儿是不是比明星都漂亮？”

“是是是，”周父听到周母的话眉开眼笑，又道，“儿子随我，找的老婆一样漂亮。”

叶湘云听得云里雾里，瞅着时机忙插了句嘴。

“阿姨您说什么呢，女朋友就女朋友，怎么还成了‘准儿媳’了呢。”

无可避免地，叶湘云就想起了那日在学校遇到的女孩儿。

那股漂亮清高劲儿，饶是她，都免不了多看了几眼。

可年轻漂亮的女孩儿多的是，男人们对此趋之若鹜也无可避免，她能从周连年对待女孩儿的细枝末节中猜出他们的关系不一般，只是这才过了多久，怎么就从周连年的单恋，变成了准儿媳了？

叶湘云出神的时候，周母回过味儿来又有些不好意思，拉过叶湘云的手坐在沙发上，又语重心长地说道。

“湘云啊，之前阿姨没搞清楚，硬拉着你跟连年相亲，幸好连年跟你说清楚了，不然我这心里，你说还跟个事儿似的。”

叶湘云似笑非笑，看了周连年一眼，又看看周母。

“阿姨，连年的女朋友是哪里人啊，家里是做什么的都打听清楚了吗，”顿了顿，那人又笑着道，“男人嘛，现在还没收心，遇到年轻漂亮的小姑娘，把持不住也能理解，只不过，”叶湘云话锋一转，似有若无地看了周连年一眼，“现在的小姑娘都精明得很，可别被骗了……”

周父正坐在沙发上看报纸，闻言，抬起头微微地看了叶湘云一眼，又推了推眼镜。

说，“连年过了这个年都三十一岁了，看人的眼光也不至于这么差。”

他是不喜欢老叶家的这个女儿。

当时听人说是出国留学回来的，人品样貌学历没的说，这才跟老叶说让两个孩子见见，自己儿子不情不愿拖了一个月，还被他说了一顿，最后还是以两家聚餐的名义骗过来的。

刚开始还好，女孩儿隔三岔五地过来，一口一个“叔叔”“阿姨”喊的可甜，只是说话的时候像带着刺儿，劲儿劲儿的，言下之意，周连年哪怕是有了女朋友，也只是玩儿玩儿而已，她才是门当户对最合适的那个。

现在都什么年代了，他一个快入土的老头子都不在乎这个了，做小辈的反倒提醒起他来了。

这么想着，哼了哼，便没再说话。

周母也有些尴尬，随便敷衍了几句，说连年喜欢就好，朝周连年使了个眼色，就忙别的去了。

姜瑶讨人喜欢是事实，长相虽然能给人造成疏离感，但对自己身边的人笑得亲切，连那份淡漠感都变淡了许多，只是父母这么喜欢姜瑶，倒是出乎了周连年的意料，大概，周连年摸了摸鼻子，又看了叶湘云一眼。

是对比吧。

送叶湘云出来的时候，周连年看到那人愤愤难平却又隐忍不发的模样，忍了忍，没敢笑。

他确实不记得自己幼时有过一个一年交情的发小儿，“叶湘云”这个名字提起来也是分外陌生，如果不是父亲那一帮同事里确实有姓叶的，他甚至以为对方是为了接近他，不怀好意捏造的谎话。

“你是认真的吗？”这么说着，叶湘云又紧了紧身上的大衣。

周连年就笑，想到最后挂视频时那女孩儿一脸错愕的模样，眸子里有些吃惊，又有些惊喜，周连年全都看得懂。

“不然呢？”周连年反问。

叶湘云愣了愣，表情中有一丝避闪不及的错愕。

这份笃定中带着不容置疑的确定，叶湘云这才察觉自己所有的鲜明的别有深意的小心思，全都没了意义。

是错觉吗？

反问她的时候，那人眉梢间还带着一股孩子气的得意劲儿。

叶湘云轻轻地叹了口气，没有难过，更多的，却是遗憾。

她和周连年，无论从哪方面看，本应该是最适合的一对。

周连年当然知道叶湘云为什么叹气。

成年人的世界，爱情早已失去了他原本拥有的高级感，作为一件可以愉悦生活的附属品，他们需要大把的时间来分析评定，趋利避害，找到完全适合自己的另一半。

叶湘云未必有多喜欢他，抛开幼时那一段毫无印象的回忆，成年后的他们相见也不过寥寥数次。她叹气失落的原因，无外乎是她理所应当认定的这段合适的姻缘脱离了自己的掌控，她自以为合适的另一半因为这样那样的缘故没有选择她。

“那个女孩儿年纪很小吧，”短暂的沉默之后，叶湘云开了口，脸上的表情仍旧是不肯服输的势在必得，“她那么年轻漂亮，外界诱惑这样多，你觉得……”

“我如果差到不能与她相配，”周连年笑笑，打断叶湘云的话，“你也未必会选择我。”

叶湘云愣了愣，继而笑了，这个周连年，倒很是会给人挖坑。

“那么，”叶湘云伸出右手，主动示好，微笑的表情里倒是难得带上了几分真心，“祝你幸福。”

优秀的人那么多，就算没有周连年，也会有周连月、周连日出现，与她而言，只是少了一个选择而已，并没有什么妨碍。

“谢谢。”

叶湘云走后，周连年蹲在公寓门口突然四十五度角仰望忧伤。

怎么办，他突然也觉得自己年纪大了。

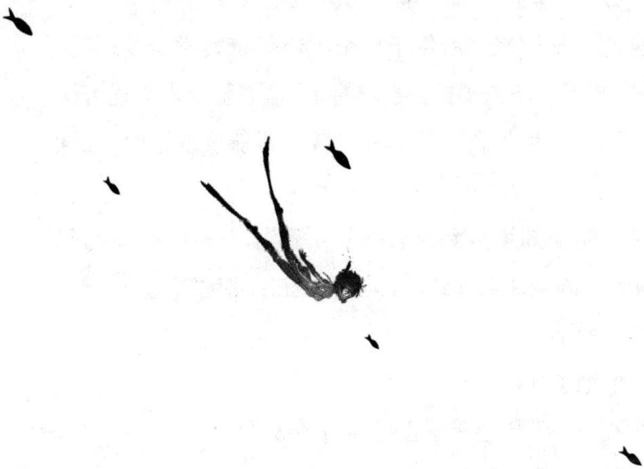

Did you pick up my heart

chapter 25

姜瑶自打跟周连年视频，听到他那一句别有深意的喜欢后，看周连年的目光总是色色的，期待着那人接下来郑重其事的表白，期冀从此能和他过上没羞没臊的日子。

可周连年视若无睹，还因为拜年走亲戚的缘故，三天两头儿的不回来，姜瑶想问个究竟都没有机会。

倒是靳郁杭心事重重的样子，隔三岔五地跑来找姜瑶。

姜瑶还是喜欢坐在床上披着毯子放空，靳郁杭就学着姜瑶的样子，从周连年卧室找了一条毯子披在自己身上，盘着腿坐在姜瑶旁边。

姜瑶午睡，靳郁杭也午睡，姜瑶去吃饭，靳郁杭就也眼巴巴地跟在身后。

有一次姜瑶午睡不知道梦到什么落了几滴泪，一醒来，看到靳郁杭趴在自己床边，眼圈通红通红的，居然也在吧嗒吧嗒地掉眼泪。

姜瑶愣了愣，受不了了。

“是周连年拒绝了你，不是我。”

“你才十八岁……”周连年眼巴巴地看着姜瑶。

“过年了，我早就十九岁了。”

“可是周连年三十一了啊，你能跟他……”

姜瑶看也没看他一眼，语气淡淡的。

“是三十岁，他都算周岁的。”

靳郁杭扁了扁嘴，把毯子往肩上扯了扯，又从口袋里掏出把瓜子，问她。

“吃吗？”

姜瑶白了他一眼，问，“李昭怎么不来找你了？”

“太吵了，”靳郁杭叹了口气，“还是跟你在一起比较有意思。”

“别，你是来跟我抢周连年，瓦解我心理防线的，我可没意思了，你别来找我。”

“你才不到二十岁，人生中最美好的年华都在这几年，跟着周连年，不后悔啊？”

“如果是你呢？”姜瑶眼睛重新聚焦，扯下毯子，偏过头看着靳郁杭笑吟吟地，“你会后悔吗？”

靳郁杭没说话，下一秒，姜瑶的手已经覆在了自己眼前。

“别哭。”

靳郁杭的眉目动了动。

他从小在靳氏那样的家族中长大，父母早前离异，商场如战场，父亲却不喜欢，跟母亲离异后脾气秉性大变，后来干脆跑到爱尔兰离群索居，鲜少回国。

他是跟着爷爷长大的。

爷爷对父亲所有的期冀都加诸在了他身上，疼爱归疼爱，可比起严苛和孤单，那疼爱不过占了万分之一。

他从小就被按照一个未来继承者的身份来对待，吃喝用度都有人把控，上下学有人接送，家族里没有一个亲近的人，学校里更是没有，甚至他跟同班同学多说一句话，那同学就会被靳氏的人调查。

大家都不喜欢他。

没有小朋友喜欢跟他一起玩儿，哪怕接他的车是最豪华的，哪怕他的午餐是最丰盛的。

大家都说，靳郁杭是个瘟神，稍微接近他就会麻烦不断。

他也不强求，后来稍大一点儿，他开始有了第一个亲近的朋友。

靳郁杭养了一条流浪狗，那只狗陪周连年过了一段孤独的日子，后来却被人活活打死了。

是靳郁杭的爷爷，派保镖乱棍打死的。

他得知真相，疯了一般跑去找爷爷对峙，在家里又哭又闹，失了理智，爷爷喊人将他关了禁闭，整整两天，没给他一口食物一滴水。

爷爷说，上位者若想长存，一定要冷血，他们永远都不可能有朋友，也注定一辈子孤单。

许是物极必反，后来的靳郁杭就彻底变了，上大学后挥霍无度，吊儿郎当，当然，多少也有些仗势欺人的意思，大家就更不喜欢他。

家里人跟他僵持了好一阵子，后来他爷爷生了一场大病，险些没抢救过来，许是人在生死关上走一圈都会明白些道理，清醒后，靳郁杭的爷爷也就把很多事都看淡了，靳郁杭是他唯一的孙子，那人想做什么，只要不违法犯罪的，他也就听之任之了。

也许生意人就该有这种豁达的心态吧，从那之后，靳氏更加顺风顺水了。

靳郁杭原意是找周连年的碴儿，好让他搬出宿舍，自己一个人住，没想到几次找碴儿不成，他就被人揍了。

周连年是个很神奇的人。

揍靳郁杭的时候还怕拳头重特意收了力道。

靳郁杭就在周连年的拳头和眼神中对他一闪而过的在意里，看出了一丝生机，这么多年来，他第一次真切地感受到被在乎的感觉，哪怕这感觉只有一丝一毫，他抓住了。

他甚至不在乎这个人是男是女，感觉对了，再去区分性别又有什么意义。

只是周连年显然不会这么想。

他给予靳郁杭的那点点的担忧是一种本能，哪怕是换了别的什么阿猫阿狗，周连年在凶它们的时候，也总是带着不忍心。

前几天，父亲从爱尔兰回国，居然破天荒地给他打了电话，喊他回家一起和爷爷过了个新年。

三个人围在餐桌前吃饭的时候，虽然冷清，靳郁杭还是感受到了心里满满胀胀的开心。

靳郁杭想不通。

从前的他，兴许是太孤单了。

“我跟你说小饼干，”靳郁杭叹了口气，又把她挡在自己眼前的手拿下来，“我们公司是不允许办公室恋情的。”

“我打算再工作两个月就辞职了。”

“欸？为什么？”靳郁杭愣了愣，忙问，旋即又反正过来，恶狠狠地问，“不让你们做办公室恋人，你就要辞职吗？”

姜瑶朝天花板翻了个巨大白眼儿。

“比起坐办公室当助理，我更想去做点儿自己感兴趣的事，”顿了顿，姜瑶又道，“我过去生活的所有意义都是找到自己的家人，这之后，我想为我自己，也为周连年好好活着。”

靳郁杭有些动容，想说些什么终究还是没有说出口，伸出手拍了拍姜瑶的肩膀，想说些鼓励的话，想了半天，没组织出一句积极向上的话来，半晌讷讷地道。

“祝你成功。”

搞得姜瑶一脸莫名。

林骆的电话就是这个时候打过来的，姜瑶看到手机屏幕上熟悉的名字有些怅然。

从前跟林骆无话不说的她，居然变成了现在这个模样。

好一点说是“相忘于江湖”，再坏一点，其实就是“再也没有交集”。

靳郁杭看她不接电话，凑过来看了一眼，又恍然。

“那个个子高高的小朋友，长得还挺好看。”

姜瑶愣了愣，末了像是想到什么，攥着手机突然瞪了靳郁杭一眼。

"林骆是我朋友，你别祸祸他。"

"我可没看出你拿人家当朋友来，"靳郁杭轻嗤了一声，又道，"我要是拿你当朋友，知道真相也会瞒着你，你有选择知道真相的权利，人家作为你的朋友也有避免你直面痛苦的责任，就现实情况来讲，知道真相的人要比蒙在鼓里的更痛苦，小饼干，你有失公正了，换作是我，或者周连年，都会选择瞒着你。"

手机停止了震动，屏幕由亮转暗，最后彻底黑了屏，姜瑶恍惚地抓着手机，靳郁杭的话一字不落地传入她的耳中。

知道真相的人要比蒙在鼓里的更痛苦。

她不笨，不是不懂靳郁杭的意思。

那日在饶水，同林骆分开后回来的路上，她几乎立刻就后悔了。

后悔自己不该冲林骆大吼大叫，不该不理他，也后悔自己为什么不能冷静下来听听林骆的话。

他特意从帝都赶来，一脸疲惫地为自己莫须有的错误道歉，她却再三地咄咄逼人。

可是最大的后悔，是她去饶水前，举着电话，冷漠地说出那句"我等不及你了"。

她从来都没有生过林骆的气，也从来不想同他闹别扭。

所有那些漫长的、互不理睬的时光，全都是她羞于说出口的一句句抱歉。

"喏，"靳郁杭朝她努了努嘴，道，"又来了，快接吧。"

姜瑶回过神儿来，听到靳郁杭的话，慌忙拿过手机按下了接听，好像下一秒对面那人就会随时挂断一样。

"瑶瑶。"

他听见林骆熟悉又略带疲惫的声音。

林骆同她一样，还不到二十岁。

好像自打他们认识之后，因为她，林骆总是很疲惫的模样。

坐在去林家的出租车上，姜瑶无意识地摩挲着手里的手机，这是她紧张时的习惯性动作。

林骆的电话简单而直白，中心思想只有一个，她弟弟姜池来找她了。

姜池瞒着自己的父母，拿着先前攒下的钱，坐了三个小时的大巴到了江临，接着又马不停蹄地到了临江派出所，直言要找派出所林所长。

他知道林所长和自己姐姐的关系匪浅，像个小尾巴似的跟着林所长待了半天，林所长无奈，只得把他带回了家。

林骆顺理成章地给姜瑶打来了电话，只不过，这通电话打过来时已经是第二天了，在此之前，是周连年最先得到了消息。

姜瑶恍然间有种直觉，周连年这两日借口忙没有回去，约莫就是因为这件事。

林骆已经在公寓门前等她了，看到她眼神空洞地朝他走过来，顿了顿，待姜瑶走近，喉咙动了动，想说什么，终究还是没说出口。

“走吧。”

姜瑶点点头。

坐电梯的时候，林骆约莫是看到姜瑶神情一直紧绷着，安慰她道。

“没关系，只有你弟弟过来，他年纪虽然不大，但是真的很在意你……”

电梯门打开，姜瑶摩挲着手机，没说话，出电梯的时候，因为心神不宁还踉跄了一下，姜瑶有些懊恼。

她是真的不想见姜池，一想到他，她脑内翻江倒海的都是那些羞耻的过往，哪怕是她跟姜池有扯不断的血缘关系，他因着这样那样的原因认了她这个姐姐，可是那过往相处的时光也不过五年，真的，太短暂了，如果不是那张照片，她险些不能想起姜池幼时的模样。

她没有父母，也不大再想要一个弟弟。

可是。

姜瑶叹了口气，手心空空的，下意识地攥了攥拳头。

打开客厅门的时候，却没有见到意料中的那个弟弟，周连年和林康来不知道在说什么，两个人的表情都不好看。

两个人看到姜瑶进来，愣了愣，周连年皱了皱眉。

“你来做什么？！”

“我……”

“我喊她来的，她需要见她弟弟。”

说话的时候，林骆已经站在了姜瑶身边。

周连年胡乱地抓了抓头发，也没说话，转头直直地走向姜瑶，继而拉着她的手往外走。

“跟我回去。”姜瑶听到那人说。

“瑶瑶。”

却偏偏，姜瑶的另一只手，被林骆拉住了，那人喊她的时候，声音里隐隐带着祈求和不甘。

“……逃避总是没有用的。”

林骆说完，姜瑶的手腕下意识地一疼，茫然地看向周连年，那人的眉头皱得更深了，隐隐地，像是带着怒气。

林康来揉了揉眉心，“算了，瑶瑶你跟周连年回去吧。”

“为什么？”林骆转身朝他父亲喊了一声，“姜池呢？他们是亲姐弟！”

“我叫人把他送回去了！”周连年说着，两步走到姜瑶和林骆中间，分开两个人的手，又皱眉，“你有意见吗？”

"姜池是姜瑶的弟弟，你没有权利替她做决定。"

"那你就有权利让她面对吗？"

"我不觉得这有什么错，这是她心里的坎，她一定是要自己过的……"

周连年突然冷笑了一声，盯着林骆，眼神冰冷。

"别人的过错，为什么要她自己去面对承担，我周连年但凡活着一天，都不会让她去面对，别人家难过痛苦悔恨是他们的事，跟姜瑶有什么相干，"末了，那人看着林骆，一字一顿，"你根本就不懂她。"

这么说着，又转身拉起姜瑶的手，怒气冲冲地。

"走！"

这一次林骆没有拦，怔怔地看着两个人摔上门离开。

头一次，他觉得自己做错了。

哪怕是曾经隐瞒姜瑶家人的事实，他都理所当然地认为他时为姜瑶好，可是这次，他是实实在在地，知道自己做错了。

别人的过错，为什么要她来面对承担呢？

林骆甚至知道周连年下一句话是什么。

"她是我的，你永远不要试图去左右她。"

开车回家的时候，周连年脸色还是不好看，表情臭臭的，看都不看姜瑶一眼。

不知怎么，姜瑶却很开心，坐在副驾驶的时候，一直偏着脸，眼睛亮晶晶的盯着他看，丝毫没有半分之前在林家颓唐的模样。

周连年被看得别扭，翻了个白眼，才道。

"以后别跟林骆联系了。"

姜瑶眼睛亮亮的就开始点头，然后说，"那我把所有异性的联系方式都删除好不好？”

“……”

神经病。

周连年把车停在楼下，越看姜瑶的状态越不正常，想了想，才问。

“你是不是觉得我做得不对……”

姜瑶摇了摇头，“不，同我的过去有关联的人，我一个都不想见，而且，”姜瑶又笑了笑，眼睛色色地，“我觉得你做什么都是对的。”

周连年：……

下意识地伸出手遮了遮姜瑶的眼，叹了口气。

“你别这么色。”

姜瑶嘿嘿嘿地笑，握住周连年的手，又一下下掰开他的手指，放在自己的脸上。

“你摸摸我的脸。”

女孩儿的手滑腻温暖，他的手心触及的片刻，似乎带了电，酥酥的，麻麻的，周连年的眸子由淡转浓，看姜瑶的时候，隐隐地，带了某些欲望。

“你喜欢我。”

姜瑶又嘿嘿嘿地笑。

“……”

“我也喜欢你。”

傻乎乎的。

周连年的唇动了动，眼睛盯着姜瑶的眉眼，又看了看她的唇。

想亲她。

这个念头一出，姜瑶却拉过他的手指，轻轻地在嘴上亲了一下，看着他，笑盈盈的，说。

“你亲我吧。”

漫天的烟花在心里炸开，周连年脑袋一空，反手抓住姜瑶的肩，还没等自己凑过去的时候，李昭面无表情地敲了敲车窗。

“周连年是不是在你家啊？”

Did you pick up my heart

●○

chapter 26

●○

姜瑶决定要去学做糕点了。

公司有个爱好做糕点的同事，隔三岔五地就会做很多好吃又好看的糕点送给他们吃，姜瑶看着喜欢，天天就爱往那同事家里跑。

后来周连年给她下了禁足令，姜瑶也不恼，欢喜地在超市买了材料，按照搜索来的步骤做，居然也做得有模有样，雕花似乎比图片上更好看，连向来对工作严苛的周连年也直夸她有天分。

她在网上打听了下制作糕点私人课程的学费，一个课时要四百块，稍微有些贵，姜瑶捏着自己的银行卡，觉得这张卡片终于有了用武之地。

她没什么可以花钱的地方，之前说是要给周连年交房租，可是他连一次都没有要过，甚至连自己的日常用品周连年也比她想得周全，往往她想要什么，周连年已经提前帮她买好了。

姜瑶时常感叹周连年年纪大想得周全，完全是出于一种赞扬的心态，可最后还是惹得周连年一脸哀怨。

周连年不太愿意在姜瑶面前面对自己的年纪，这让姜瑶一度都很疑惑。

在她看来，男人三十而立，是最好的年纪，这个阶段的周连年，不浮躁也不老成，考虑问题周到细致，在生活的琐碎上还带着一些单纯的孩子气，她喜欢这样的周连年，也因此，她也想做一个足够好的人来同他相配。

学做糕点提上日程，她年前报的驾照也迫在眉睫。

假期一结束，姜瑶和周连年就各自忙碌了好一阵子，姜瑶幻想中的她和周连年没羞没臊的生活，到底因为这样那样的人和事出现，没有进行下去。

林骆回学校的时间要晚，姜瑶马不停蹄地忙碌了将近一个月，那人才给他发来简讯，说自己开学了。

他离开江临的那天，姜瑶到底也没有去送他。

科目一的考试她满分通过，周连年开车来接她，那人欢呼地落在周连年怀里，抬头的时候，远远地看到一架飞机拖着长线，悄无声息地隐匿在了云彩背后，姜瑶呆呆地看了好一会儿，突然泪眼蒙眬，整张脸埋在周连年的肩膀。

周连年拍着她背故作嫌弃。

“行了啊，鼻涕都抹我身上了，就过个科目一，哭哭啼啼地像什么样子。”

姜瑶这才破涕为笑。

制作糕点的私人课程她安排在了周三晚上，姜瑶白天去公司上班，每周三去上一次课，周末两天再去驾校练车，时间被她安排地格外充实。

姜瑶喜欢这种感觉。

她再也没有时间去想自己的过去，也再也不惦记着她的身份，同周连年相处的时候，她还是一有时间就往那人身上扑，周连年约莫是看她太小不想动她，把自己塑造成了一个清心寡欲的和尚，忍的格外辛苦。

天气渐渐转暖，立夏那天，姜瑶拿到了糕点课程的结业证书，下午又等来了迟迟未到的驾驶证。

那天姜瑶重感冒，周连年不准她去上班，姜瑶琢磨着晚饭吃什么，想了想，特意包了一帘五色饺子，下午快递送来她的驾驶证之后，姜瑶终于按捺不住，把饺子煮出来盛进保温饭盒里，又把中午新做的各式糕点每样带了些，装了满满一盒子，自己裹上了外套，揣着结业证书和驾驶证就出门了。

出门的时候姜瑶结结实实地打了个巨大的喷嚏，差点儿把手里的糕点都震碎了。

拖着鼻涕泡泡打了车，幸而公司离得近，照着她每打一个喷嚏司机就看她一次的频率，他们不出车祸，司机也能把她给赶出去。

好不容易到了公司前台，姜瑶一抬眼看到靳郁杭拿着资料走过来，救命一般把东西往前台一放，两步走到那人面前，扯着他胳膊，吸着鼻子喊。

“快，给我找张纸。”

靳郁杭被姜瑶仰着头望天的动作逗乐了，边笑边跟前台妹子要了张面纸递给她。又问。

“不是感冒了吗，这会儿来公司干吗？”

姜瑶擤鼻涕的力道太大了，耳朵嗡嗡地响了声，听到靳郁杭的话，下意识地拍了拍口袋。

还好，都在。

靳郁杭嫌恶地看了她一眼，注意到前台桌子上放着的糕点盒，眼睛亮了亮。

“这是你新做的吗？有巧克力熔岩吗？”

“有，”姜瑶笑了笑，“特意给你多做了两块儿。”

姜瑶给前台妹子拿糕点的时候，靳郁杭拎了拎手中的保温饭盒，问。

“这里面是什么？”说着要打开。

“哎哎别开，”姜瑶把糕点盒子塞到他怀里，又把保温饭盒接过来，“打开就凉了。”

“……小气鬼。”

靳郁杭拿了自己的熔岩蛋糕就走人了，姜瑶吸着鼻涕把糕点盒子给小吴，让她帮忙给同事分一下，自己抱着保温盒悄无声息地去了周连年办公室。

周连年还在开会，姜瑶把东西放在周连年的办公桌上，自己半倚在办公室的黑色真皮沙发上摊着，室内暖气充足，姜瑶觉得脸烧烧的，没过一会儿就吸着鼻涕睡着了。

周连年连续开了两个小时的会，会议结束后，公司都没几个人了，经过自己办公室的时候看了一眼，百叶窗拉的严丝合缝，办公室门也是闭紧的，财务部的同事拿着糕点去打卡，一边走一边打电话。

“我们公司的漂亮妹子刚送来了糕点，可好吃了。”

周连年愣了愣，狐疑地推开办公室的门。

他先看了一眼办公桌。

上面放着一个蓝白相间的双层饭盒，摆在一堆资料的正中间，看着格外醒目。

眼睛收到大脑的指令，带到了沙发上，周连年终于看到了半躺在沙发上的姜瑶，那人双颊潮红，约莫是睡得不太舒服，眉头一直是皱着的。她的头发比以前长长了很多，歪着头的时候，一边的头发遮住了大半张脸。

周连年怕吵醒她，轻手轻脚地走过去，蹲在她面前，伸出手把那人一侧的头发别在耳后。

姜瑶浅眠，睁开眼睛看到周连年的脸就在自己眼前，眨了眨眼，突然往天花板上瞅，一边仰着脸一边喊周连年。

“你快去给我抽几张纸。”

周连年愣了愣，这才从自己口袋里拿出包纸巾，抽了张纸给她。

“阿嚏——”

姜瑶接过来，打了个大大的喷嚏。

周连年皱了皱眉，接过姜瑶擤鼻涕的纸，又给她换了张新的，问。

“不是让你在家好好休息吗，怎么又跑这儿来了？”

许是姜瑶感冒太严重，导致脑袋有些混沌，茫然地想了半天，才回过神儿来，转过头忽然看着周连年，一张脸重又带了些生气。

“给你看！”

姜瑶从口袋里掏出了自己的结业证书和驾驶证在周连年眼前晃了晃。

“我今天还想着怎么驾照考完了那么久都没下来，结果下午快递就过来了……”

女孩儿絮絮叨叨地说着什么，周连年一点都没有在意，女孩儿娇艳的嘴唇一张一合，周连年的喉咙动了动，又想起了数次情难自禁的吻，控制不住地，想接近她。

姜瑶终于意识到了周连年的反应不正常。

后知后觉地收敛了脸上的表情，迟钝而缓慢地问他。

“怎么了？”

周连年的所有绷紧的神经随着姜瑶茫然无措的表情轰的一声爆炸了。

几乎没有任何犹豫，周连年慢慢地凑近她，一只手拖着姜瑶的后脑勺儿吻了下去。

姜瑶的大脑有一瞬间的空白，她还茫然地睁着眼，感受到唇边的透软和面前人的温柔缱绻，姜瑶又迷茫了。

什么啊，看她的眼神都饿狼一样，平时还装得一本正经。

“阿嚏——！”

姜瑶没忍住，鼻涕糊了周连年一脸。

“对不起，对不起，”姜瑶赶忙抓过茶几上的纸巾，抽出一张递给周连年，自己又是连连打了两个喷嚏。

周连年有些郁闷地擦了擦脸，末了看姜瑶手忙脚乱的样子，又有些好笑，低下头吻了吻那人的额头，又觉得不对劲。

“你是不是发烧了？”

再低头看一眼孩子的脸，这才后知后觉，脸上不自然的红晕，根本就是发烧引起的。

姜瑶只顾着“嘿嘿嘿”地傻乐，一句话也不说。

你完了，周连年。

你甩不掉我了。

姜瑶在医院吊了两瓶水，从车上下来前，周连年怕她再严重，脱了自己的大衣又罩在她穿着羽绒服的身上，姜瑶没嫌难看，反而美滋滋地看着他，又当着他的面闻了闻他大衣上的味道。

“香。”

姜瑶吸着鼻涕，傻乎乎地给出了评价。

“小流氓。”

周连年揽过她的肩膀，一只手又给她按着大衣的领子，不知道怎么，还有些脸红。

“什么时候带我去见叔叔阿姨？”

周连年开门的时候，姜瑶在旁边小声地问。

“什么？”周连年没听清，开了门，先把姜瑶拉进来，又快速地关上门，把姜瑶推进客厅，“有风。”

姜瑶的想法很简单，周连年喜欢亲她，必然也是喜欢她的，他们彼此坦诚心意，以后肯定是要结婚的，在结婚之前，总得要见家长。

更何况，姜瑶觉得周连年的父母还挺喜欢她的。

“我说，你什么时候带我去见家长？”

周连年愣了愣，走到身边把她身上的大衣和羽绒服都脱下来，挂衣服的时候又看了她一眼，问。

“你想什么时候去？”

“你答应了啊，”姜瑶眼睛一亮，“我以为你会拒绝的。”

“我什么都答应你，瑶瑶，”周连年把姜瑶揽在怀里，“我喜欢你，等你再长大一点，我们就结婚”。

无关年龄、地位、学历、家庭。

我就是喜欢你。

喜欢你的样貌，你的假意真诚，你待我如己。

“但是你不能反悔。”

末了，周连年又补了一句。

姜瑶把脸埋在周连年胸口，吸了一大口气，明明什么都闻不到，还是觉得香。

没过多久，姜瑶就从连华科技辞职了。

公司一百来号人，她找袁鹏要了每个人的证件照，给每个人都做了一个有自己头像的盒子蛋糕。

那一天，公司大群里炸开了锅，纷纷为连华科技少了一个美女而扼腕叹息，等大家表达完了对姜瑶浓厚的不舍，以及对蛋糕的超高赞扬之后，姜瑶才适时在群里说了一句。

“大家以后想吃蛋糕可以跟我在微信上说，我做好给大家带过来，八折哦。”

姜瑶琢磨了一下，现在开店本金她还没攒够，网络这么发达，她可以在家里做，如果好吃的话，大家口口相传，再搞搞促销，以后总会有钱开店的。

跟周连年商量了之后，周连年也同意得不得了，既避免了让姜瑶抛头露面，家里出单多了姜瑶还能获得满足感，两个人一拍即合，当然，公司有同事要蛋糕的话，送货员的差事非周连年莫属了。

“钱都让你俩赚了，”靳郁杭坐在沙发前面的地毯上嗑瓜子儿，“要我说啊小饼干，我把你签我们靳氏得了，就你这长相，不当网红可惜了，再说了，你要是成了网红，别说做糕点了，就是往那一坐，那钱就能往你口袋里飞，网红啊明星什么的，你随便选啊。”

“去你的，”周连年踹了他一脚，又看一眼姜瑶，“你觉得我像差钱的样子？”

“没有没有，绝对没有，”姜瑶连连摇了摇头，又趁周连年倒水的时候，凑到靳郁杭旁边坐下，问，“当网红能赚多少钱啊？”

“……”

“姜瑶！”周连年喊了她一嗓子。

“……引诱我也没用！我就想踏踏实实地做糕点赚钱！”

靳郁杭：“滚——！”

姜瑶不闹了，抓了把瓜子，学着靳郁杭的姿势坐在地毯上倚着沙发，撞了撞那人的肩膀，问。

“听说你爷爷前些日子把你抓去相亲了？”

靳郁杭瞄了姜瑶一眼，看着周连年过来，又瞪了他一眼。

“就知道什么事儿都不能跟周连年说！”

“别嘛，”姜瑶吐了瓜子皮，又转到靳郁杭眼前，“你看我的眼睛，天生就让人有倾诉欲，这事儿不怪他。”

“去你的，”靳郁杭白了她一眼，抿了抿嘴，又侧过身，看着姜瑶，“我跟你说，我爷爷不是觉得我喜欢长得好看的吗，给我找的相亲对象脸上都一水儿的玻尿酸……”

周连年期间去书房接了个电话，出来后就看到姜瑶和靳郁杭两个人一边拍大腿一边笑，聊得可开心。

“我不是问他什么时候带我见家长嘛，”姜瑶笑得脸通红，“你猜他怎么说？”

“怎么说怎么说，”靳郁杭嗑着瓜子，一脸求知的表情像个八婆，“说以后带你去？”

姜瑶憋着笑，“……说喜欢我哈哈哈哈哈。”

周连年：……

搞了半天是说自己前一阵子表白的时候。

周连年觉得无聊，可是看到沙发前坐在地毯上的两个人笑得像个大傻子，周连年还觉得挺开心。

哪怕是取笑自己呢。

“谁打的电话？”姜瑶偏过头问了他一句。

“我爸妈，”周连年耸了耸肩，“让我周末带你回家吃饭。”

姜瑶不笑了，看了看靳郁杭又看看周连年傻了。

靳郁杭捂着肚子，指着姜瑶的脑门儿笑得像个智障，周连年坐在沙发上，揉了揉姜瑶的发顶，也笑了。

怎么说呢，就有一种报复的快感。

Did you pick up my heart

chapter 27

跟周连年回家那天，姜瑶准备了十几种不同口味的糕点，都是无糖和少糖的，满满的装了两盒，临出门前又有些怵头，去卫生间照了照镜子，又问周连年。

“我好看吗？”

彼时姜瑶剪了个平刘海，兴许是前一阵子过得太滋润，脸上稍微长了点儿肉，不像之前那样瘦削了，圆眼睛，尖下巴，周连年给姜瑶带了个外套搭在手臂上，想了想外面起风了，又回去换了个稍微厚些的。

“不好看啊？”姜瑶神色黯然，“我就知道你早晚会把我看腻了的。”

周连年笑了笑，伸出手捏起姜瑶的下巴亲了一口。

“你最好看。”

就是剪刘海后有点儿像未成年了，免不了一会儿又是跟父母一顿解释。

两个人拎着东西走在大学校园的时候，姜瑶还在跟周连年唠叨。

“你这可不行，你爸妈肯定会想你的，就是开一会儿车的事儿，你多回来看看怎么了，父母年纪都这么大了，你还不懂事儿哪行啊。”

周连年就笑，说，“是是是，以后咱俩一起来。”

姜瑶脸就红了。

两个人都不是平凡的相貌，加上身高高挑儿，走在路上频频有人侧目，偶尔姜瑶还会看到有人偷偷地在拿手机拍她和周连年。

“你爸妈公寓在哪儿呢，有多远啊，”姜瑶跺了跺脚，又小声地踮起脚贴着周连年的耳朵，“我们被偷拍了。”

“人家那是欣赏，”周连年抓着姜瑶的手晃了晃，“看，前面那老头儿和老太太就是。”

姜瑶找了半天也没找到什么老头儿老太太，又白了周连年一眼，就没见过有人这么埋汰自己爸妈的。

正四下找呢，姜瑶突然看到离自己十米开外，站着的气质出众的中年夫妇。

“叔叔，阿姨！”

姜瑶远远地看到他们，嘴巴一下子咧开了，拎着东西走得比周连年都快。

周母看到姜瑶兴奋地往前走，抿着嘴笑了笑，又偏过头小声地对周父说。

“怎么样，本人是不是更漂亮？”

周父就笑，末了收敛了脸上的表情，看着周母，小声说。

“没你年轻时候好看。”

…………

周连年随手接过姜瑶手里的东西，周母就迎上来，拉着姜瑶的手。

姜瑶看一眼周母，又看一眼周父，眼睛眨啊眨的，说话的时候又是一脸诚恳。

“叔叔阿姨，你们气质真好，难怪生出了这么好的儿子。”

得，一句话把三个人都夸了。

周母被夸得眉开眼笑，连连拉着姜瑶进了公寓，又嗔怪地看了自家儿子一眼。

“过年就让你把孩子带回来，你可真行。”

“不怪他，他工作也很辛苦。”姜瑶看着周连年笑了。

餐桌上林林总总地摆了一大桌子菜，姜瑶挨着周连年和周母坐下，周母越看姜瑶的长相越喜欢，年轻漂亮又懂事，难怪自己儿子这么喜欢。

她之前知道了姜瑶的身世，又提前给周父也打了预防针，让他尽量避免提相关的问题，周父叹了口气，连连答应了。

在他们夫妇看来，自己儿子好不容易找到一个喜欢的，他们就想看看女孩子性格长相都是什么样，其他的外在条件，自己儿子都不介意，他们再多说也没用。

周母什么问题都没问，一个劲儿地给姜瑶夹菜，周连年好笑地看着自己母亲，说了句。

“妈你别夹了，她吃不了。”

“哦哦是，”周母这才笑了，说，“我倒忘了，你们年轻人都吃得少……”

“不不，”姜瑶忙摆手，“我能吃，您夹的我都能吃完，真的。”

周连年：……

狗腿子。

两个人临走的时候，周母塞给姜瑶一个厚厚的红包，姜瑶头摇得像拨浪鼓，说，“阿姨，我能挣钱，真的。”

周母就笑，抓着姜瑶的手，又絮絮叨叨。

“我知道你们能挣钱，阿姨愿意给你是因为我喜欢你，连年岁数比你大，有时候脾气可能会不好，你尽管骂他，阿姨支持你，你受了委屈要跟阿姨说……”

姜瑶觉得眼眶有些发酸，看了看周母，又摇摇头。

“他对我很好，阿姨，谢谢你。”

“快收着吧，”周母把钱塞到姜瑶口袋里，又催周连年，“赶紧回去吧，这天儿太冷了。”

眼见着两个人拉着手往外走，周母突然抹起眼泪来。

“这么好的孩子，怎么就……”

周父皱了皱眉，也拉起周母的手回公寓，一边回一边嘟囔。

“哭什么，你看儿子多有出息，找的媳妇就是漂亮，随我。”

姜瑶拆开红包后眼睛都直了，朝开车的周连年抖了抖里面的钱，一脸的不可置信。

“这么多？！”

“有多少？”周连年笑了笑。

姜瑶翻来覆去从学校一直数到家里，终于确定了。

“一万零一块！这么多！”

周连年偏过头捏了捏姜瑶的脸，“夸你万里挑一呢。”

“可是这也太多了！”姜瑶追着周连年去了卧室，“要不都给你，你给你爸妈退回去吧。”

“不用退，”周连年反手关上了卧室门，“你收着。”

“啊可是……”

周连年身形一弯，突然抱起姜瑶，姜瑶有一瞬间失重的感觉，再一看，自己已经被周连年拦腰抱起来了。

姜瑶笑了。

双手揽着周连年的脖子，眉开眼笑地看着他的眼睛，像是一下子要看到他的心里。

“我就用我自己报答你吧。”

周连年：……

词儿都被她说了。

两个人都是第一次，同经验无关的，周连年年轻力盛，姜瑶强忍着不怕疼，周连年埋头苦干了半个小时，一抬头看着姜瑶她眼泪涟涟的模样，又有些不忍，低下头亲了亲她的眼睛，又小心地抱着她，叹了口气，突然产生了前所未有的满足感。

他没有交往女友的经验，大抵是自己身边总有靳郁杭像个跟屁虫似的跟着，很少觉得孤单过，他的异性朋友少得可怜，偶尔有觉得相貌性格不错的，却总觉得不对。

到底是哪里不对他也说不上来，好像冥冥之中有个声音一直都在让他等。

等什么呢，他不知道。

直到他遇到了十八岁的姜瑶，初时乍见的陌生让他觉得怅然，有些遗憾，也有些慌张。

可偏偏就是他的命运。

姜瑶约莫是累了，窝在他怀里睡得很轻，眼角的泪痕还清晰可见。

她是真的怕，怕疼，也怕未知，却又极力隐忍着不说出来，周连年抱着她纤细的腰肢，又紧了紧胳膊。

侧过身亲了亲姜瑶的额头，周连年听到自己轻而缓的声音从嘴里发出来。

“我爱你。”

…………

所以是从“喜欢”跨越到“爱”具体到什么时候，周连年想不出来，确凿可以肯定的是，遇到姜瑶，无论是十岁，还是十八岁，都是一件值得庆幸的事。

三十岁的时候，周连年终于懂得，高级感的爱情，到底是一种什么滋味儿。

带着点甜，又带着些疼。

姜瑶在微博上注册了账号，靳郁杭动用了些靳氏的资源，帮她做了推广入了V，认证信息是美食博主。

姜瑶对此相当不满意。

她还是对吃食不感兴趣，哪怕是周连年为她搜刮了各式各样为人称赞的东西，她尝一口，也只是有“还不错”的念头，有就吃，没有她也不惦记。就连她自己做糕点，也纯粹是享受这个过程。若说味道，自然是算得上好吃的，好吃又好看，可她也只是做新品的时候尝尝味道，姜瑶虽然对吃食不太感兴趣，但是绝不会允许自己饿肚子，周连年为此苦恼了一阵子也就罢了。

她在微博上的一切动作，自然，是瞒着周连年的。

“安啦，周连年千儿八百年都不会上微博看一次，”靳郁杭一边找角度自拍，一边安慰姜瑶，“再说了，我帮你做推广，以后你红了收了广告费咱俩分成，这可是双赢啊，就靠咱俩刷刷脸，你说你还会赚不了小钱钱？”

靳郁杭的策划很简单，他只帮姜瑶运营微博，微博的主要内容是做糕点课程分享和直播，偶尔让他和姜瑶露一次脸，等人气上来后，姜瑶线上接的广告费他拿三成，后续姜瑶在线下开店他占百分之二十的股份。

姜瑶之前上过两次微博热搜，时效性早就过了，好看的小姑娘比比皆是，网民的审美也是一天一变，可靳郁杭就不一样了，他的身份在这里摆着，现在经济娱乐不分家，靳郁杭无论是从样貌还是私人感情都有话题，自然也是娱乐圈的宠儿。

他的微博长久不用，把密码都忘记了，找了半天才找回来，第一件事，就是打扫了灰扑扑的主页，更新了条状态。

靳郁杭：大家好，给大家介绍一个优秀的美食博主，因为看到了我的美貌而一脸懵逼的朋友 @ 姜瑶。

配图是靳郁杭迷之角度的侧脸自拍，他的身后，是姜瑶拿着手机在看镜头，清清冽冽的模样，似乎不知道在拍照，眼睛里还有一丝茫然。

单是“靳郁杭更博”这件事就足以引起微博轰动，于是不到一下午的时候，#靳郁杭 姜瑶#就上了热搜，靳郁杭微博下的评论一下子炸开，顺着靳郁杭的微博围观姜瑶的粉丝人数，也从寥寥数人涨到了二十万。

“啊啊啊啊啊男偶像请正面上我！”

“偶像第一次发自拍能不能换个角度【吻】”

“屏幕脏了我舔舔！”

“就是这个小姐姐，原来是刚开通微博，好仙的感觉。”

“偶像的朋友，由我来守护！”

“……”

随着时间的推移，评论出现了两边倒，又一边声音发出来，迅速升温发酵。

“事出反常必有妖，一看就是网红炒作，想进娱乐圈想疯了，背靠大树就是好【doge】”

“顶楼上，这女的不知道整了多少次，还不定跟靳氏有什么关系呢”

“偶像是我的！妖女不要跟我抢！”

“大家好，我是偶像的脸，他为了帮一个狐狸精作秀不要我了。”

“……”

靳郁杭拿着手机捂着肚子笑得岔了气儿，在地毯上滚了几圈，非要拿着手机给姜瑶看。

“小饼干你看，好多人都在骂你哈哈哈哈……”

姜瑶白了他一眼，一边捣鼓着手里的摄影机，一边朝靳郁杭翻白眼。

“你不就是想让别人骂我来平衡你心里的怒气吗？”

“哼，”靳郁杭哼了哼，“你知道就好。”

姜瑶耸了耸肩，她不在乎，谁让她有了周连年了呢。

“我先录个巧克力熔岩的教学视频，后期你那里是可以帮我做精修和剪辑的吧？”

“这么快？”靳郁杭愣了愣，“你这才刚开通微博。”

“我不能侮辱了这个认证信息啊，得发条和主题呼应的，更何况我是有真材实料的。”

“随便你，”靳郁杭耸了耸肩，看到姜瑶这么认真有些不好意思了，又说，“那你赶紧录，录好发我，我叫人给你剪辑。”

“把脸剪了啊老板。”姜瑶笑。

“哼。”

靳郁杭没说话。

按常理来说，如果姜瑶先发条有实质内容的微博，靳郁杭再转发后，吃瓜群众对姜瑶也不会有那么大的反对意见，毕竟她是真的实实在在要做一个美食博主。兴许是靳郁杭心里的嫉妒心在作怪，他总想着让姜瑶吃点儿苦头，哪怕是被人骂呢，他想。

只是没想到现在的姜瑶皮糙肉厚，反而还安慰靳郁杭。

被人骂又不是少块肉。

靳郁杭免不了又是一顿愤懑。

谁要她安慰啊，果然是一块儿不讨人喜欢的小饼干。

姜瑶录视频录到一半，突然听到沙发上的靳郁杭“咦”了一声。

“怎么了？”姜瑶问。

靳郁杭又翻了翻手机，半天才抬起头来。

“我微博下骂你的评论都被删了，我说怎么评论数不见涨呢。”

“呦，”姜瑶笑了，手底下下的活儿没停，“你们这么贴心，服务还是全套的呢。”

“不是我……”靳郁杭嘟囔，末了又抬起头看着姜瑶，有些心虚，“你说，会不会是周连年……”

姜瑶不敢说话了，背后瞬间就起了一身冷汗。

“要不，你给他打个电话？”靳郁杭试探性地问道。

“我不敢，”姜瑶苦着脸，“你打。”

“我也不敢……”

于是两个人颤颤巍巍地录完了视频，靳郁杭逃命似的存好视频要走，一开门，周连年面无表情地站在门口。

靳郁杭下意识地往后退，一个转身，撒丫子就往厨房跑，迅速找到一个仿不锈钢的铝盆连忙扣到头上，姜瑶怔忡了不到五秒，大脑也跟着快速做出反应，连忙拿起手边空的水晶碗挡在脸前。

周连年哭笑不得，走到沙发前坐下，抱着胳膊，问。

“怎么回事儿？”

“我其实是想……”

“小饼干想红让我给他做推广！”靳郁杭连忙打断姜瑶的话，闭着眼睛就是一顿黑，“我迫于她的淫威发了微博，还给她做了推广。”

“你去死！”

姜瑶举起手中的水晶碗砸了砸靳郁杭头上的铝盆，铝盆发出了咣咣的声响，惊得靳郁杭一个激灵。

周连年叹了口气，站起身往姜瑶面前走，姜瑶下意识地往后退了一步，靳郁杭隔着个铝盆已经扯着嗓子号了起来。

“我不是故意要瞒你的……”姜瑶小声地道。

周连年：所以说他到底是有多可怕？一个两个都要被吓哭了？

“听到你说视频录好了，我帮你剪，”周连年捏了捏姜瑶的脸，“你喜欢的事想做就做，我只是不想你被别人骂。”

姜瑶抓着周连年的手眼泪汪汪。

“我就知道你对我最好。”

顶盆的靳郁杭：什么玩意儿？秀恩爱秀到他面前来了？不要脸！

周连年花了两个小时剪了一个五分钟的短视频。

视频唯美，步骤清晰不多赘述，值得赞扬的是，没有姜瑶的正脸。

除了手和背影以及侧脸入镜外，其他的一概没有，可越是这样，越是增添了一种美妙的朦胧感。

于是当晚九点，姜瑶发布了她人生中的第一条微博。

姜瑶：我的第一条微博，教大家怎么做巧克力熔岩［嘿哈］

同时上传了周连年帮她剪辑好的视频。

靳郁杭马不停蹄地做了新一轮推广，于是无数的名人大V转发造势，当晚十点，意料之中的，#巧克力熔岩#上了热搜。

这次底下的评论就温馨多了，姜瑶扫了一眼，一水儿的好评，当然，也有可能骂她的都被周连年找人了。

“手手手手手，你们看小姐姐的手，好仙好仙。”

“舔屏，看起来好好吃，顺便表白小姐姐，只想吃，不想做。”

“顶楼上，好看的人做什么都好吃好看，我选择吃。”

“光注意手的，你们看小姐姐的腿有多长，都快到我脖子了！”

“两分四十五秒，求关注睫毛好吗，好长好长的！”

“这个时候发这种视频不是要朕的老命吗？你们要蛋糕吧，我选择小姐姐！”

“女神求正面上我！带着蛋糕上我！”

“……”

姜瑶临睡前还不忘给靳郁杭截了个屏发信息。

“看，大家都夸我！”

周连年亲了亲姜瑶的耳垂，双手撑在姜瑶肩膀两侧，声音低沉喑哑，眸子里像是泼了墨。

“不是说把异性电话都删了？嗯？”

姜瑶被周连年盯得心慌慌的，扯过被子把两个人罩得严严实实，这才揽过周连年的肩膀，亲了亲那人的唇，又耍赖。

“靳郁杭是咱们的合作伙伴嘛，你也知道，我把你抢了他不知道有多讨厌我……”

周连年一刻没闲着，顺着姜瑶的额头一寸一寸地往下亲，姜瑶敏感，被他亲的一直咯咯咯地笑，末了又听到那人极低的气音。

“你的身份证上，明年的这个时候，我们就可以结婚了。”

姜瑶怔了怔，抿着嘴笑了，揽着周连年的脖子吻了吻他的眼睛。

“爱你。”

而同一时间，林骆躺在宿舍床上，盯着那五分钟的视频翻来覆去地看了好几遍，看她干净修长的手指，垂眸时的温柔似水，转过身时背影的清丽，熄灯后，对着手机微弱的灯光，终于鼓足勇气，写下留言。

“Miss you。”

却片刻，被更多的留言淹没。

Did you pick up my heart

chapter 28

姜瑶把自己的微博打理得井井有条，内容无一例外，都是与美食相关。

粉丝们渐渐定了性，纷纷从美人转到美食，偶尔有求照片的，姜瑶就拍个背影照，小小的和网友开个玩笑。

渐渐地，凭借美食视频过来的新粉多了起来，靳郁杭当机立断，选了最繁华的一条商业街开了店。

开业当天，靳郁杭喊了靳氏旗下影视公司的几个艺人站台，姜瑶被周连年关在家里禁了两天足，惹得靳郁杭一直骂她“夫管严”。

微博上，姜瑶的粉丝怨声载道，埋怨她都开了实体店也没有露脸，连靳郁杭都出面了，姜瑶顶着张让人垂涎欲滴的脸简直是暴殄天物。靳郁杭在姜瑶的微博下张牙舞爪的回复粉丝评论。

“她暴殄天物？明明是我最好看！我这么美你们看不到吗？！”

姜瑶粉丝：略略略，我们最爱小姐姐。

微博上吵吵闹闹的过了一阵子，直到突然有一天，姜瑶在微博上 po 出了一张照片。

是一张婚纱照。

背景是一整面花墙，上面铺满了蓝紫色的风信子和迷迭香，加以满天星做辅助，远远地望去，像是浩瀚璀璨的星河，在微暗的灯光下泛着光。

再往前，周连年穿着深色西服，眉目舒展，却又目光深沉，眸子里像是藏匿了万千情绪，细看，居然还能看到细碎的泪花，一点儿一点儿，随着眸子里的笑容盛开，如星缀如，灿若星河。

他嘴角含笑，伸出双臂做出拥抱的姿势，遥遥地望着对面的女孩儿。

他的女孩儿，一只手拿着手捧花，一只手拉着裙摆，正急切地跑向他。

裙摆的纱拖得老长，带起了一阵风，吹起了她耳际的发丝，姜瑶的眼睛忽而落了泪，嘴角却是向上的。

于是，画面定格。

照片一发，姜瑶的微博又炸了，底下评论一片哀号。

“嘤嘤嘤女神不发照片是不发的，一发就是结婚照！！！”

“我不能接受，啊啊啊亏我还以为女神的未来老公是我男神@靳郁杭！”

“楼上的别闹好吗，你看女神的老公有多高！你再看女神老公的长相哪一点输给你们男神了？”

“回楼上，你们难道看不出来男主角是连华科技的周连年吗？之前有影视公司开机特意请了他，还走了红毯，秒杀了一众男星好吗？！”

“嗷！女神的老公由我来守护！”

“楼上的，你上次还在靳郁杭的微博下评论，说女神由你来守护是吗？！”

“为什么两个人这么好看，我都要哭了嘤嘤嘤……”

“……”

姜瑶和周连年结婚那天，靳郁杭拿着话筒恶狠狠地送出了自己给新人准备的大礼包。

他把自己在连华科技占有的百分之四十的股份全都送给了姜瑶。

就在大家议论纷纷，猜测是不是一场三角恋引发的血案的时候，靳郁杭端着红酒杯，把姜瑶拉到一边，不屑一顾。

“我把我占的股份全都给你，是因为我知道，你的就是周连年的，我能把我所有的东西都给他，你能吗？”

姜瑶哼了哼，跟靳郁杭碰了碰杯，一饮而尽。

靳郁杭的爷爷年纪大了，下了死命令要他回靳氏，周连年不同意收靳郁杭的股份，那人就找到了姜瑶。

不要白不要，更何况，自己的蛋糕店他还占股来着，姜瑶想。

“我能把自己的全身心都给他，”这么说着，姜瑶伸出食指用力地戳了戳自己的胸口，修身的敬酒旗袍勾勒出女孩儿胸前好看的形状，姜瑶又不屑一顾地看了靳郁杭一眼，重复了一遍，“全——身——心！”

李昭寻了一圈才找到靳郁杭，一边嗑瓜子儿一边走过来问。

“嘛呢？”

好巧不巧地站在了姜瑶和靳郁杭中间。

“李昭你这个天杀的别挡着我，让我掐碎这块儿烦人的小饼干！”

姜瑶转身的时候，依稀看到两个熟悉的面孔，远远地走了几步，没看到人，再一回神儿，周连年已经挡在了自己的面前。

“少喝点儿。”

周连年拿走了姜瑶手里的酒杯。

“开心嘛，”姜瑶嘟囔，伸出胳膊搂着周连年的腰，“周连年，我好爱你啊。”

周连年没说话。

远远地，朝站在走廊门口的林骆和姜池点了点头。

都过去了，他想。

他的爱人，未来再也跟她的过去无甚交集，他会用他的一整颗心，永远守护她，深爱她。

像她的父亲，似她的挚友，更是她的一切。

周连年于是更紧地抱住了怀里的女孩儿，亲了亲她的额头，又沉声。

“我永远爱你。”

他想起微博上，姜瑶发布照片的配图文字。

不如从嫁与，作鸳鸯。

〈全文完〉